Copyright © 2024 Stephanie Garber
Copyright desta edição © 2024 Editora Gutenberg

Título original: *Spectacular: A Caraval Holiday Novella*

Todos os direitos reservados pela Editora Gutenberg. Nenhuma parte desta publicação poderá ser reproduzida, seja por meios mecânicos, eletrônicos, seja via cópia xerográfica, sem a autorização prévia da Editora.

EDITORA RESPONSÁVEL
*Flavia Lago*

EDITORAS ASSISTENTES
*Natália Chagas Máximo*
*Samira Vilela*

PREPARAÇÃO DE TEXTO
*Fernanda Marão*

REVISÃO FINAL
*Claudia Barros Vilas Gomes*

CAPA ORIGINAL
*Erin Fitzsimmons*

ARTE DO MAPA
*Virginia Allyn*

ADAPTAÇÃO DE CAPA
*Alberto Bittencourt*

PROJETO GRÁFICO ORIGINAL
*Donna Noetzel*

DIAGRAMAÇÃO
*Waldênia Alvarenga*

Dados Internacionais de Catalogação na Publicação (CIP)
Câmara Brasileira do Livro, SP, Brasil

Garber, Stephanie
   Espetacular : uma novela da trilogia Caraval / Stephanie Garber ; ilustrado por Rosie Fowinkle ; traduzido por Lavínia Fávero. -- 1. ed. -- São Paulo : Gutenberg, 2024. -- (Caraval ; v. 3,5)

   Título original: Spectacular : A Caraval Holiday Novella

   ISBN 978-85-8235-760-6

   1. Ficção de fantasia 2. Ficção norte-americana I. Fowinkle, Rosie. II. Título. III. Série.

24-224199                                                   CDD-813.5

**Índices para catálogo sistemático:**

1. Ficção de fantasia : Literatura norte-americana 813.5

Tábata Alves da Silva - Bibliotecária - CRB-8/9253

A **GUTENBERG** É UMA EDITORA DO **GRUPO AUTÊNTICA**

**São Paulo**
Av. Paulista, 2.073 . Conjunto Nacional
Horsa I . Salas 404-406 . Bela Vista
01311-940 . São Paulo . SP
Tel.: (55 11) 3034 4468

**Belo Horizonte**
Rua Carlos Turner, 420
Silveira . 31140-520
Belo Horizonte . MG
Tel.: (55 31) 3465 4500

www.editoragutenberg.com.br
SAC: atendimentoleitor@grupoautentica.com.br

DA AUTORA BEST-SELLER
DO NEW YORK TIMES

# STEPHANIE GARBER

## Espetacular

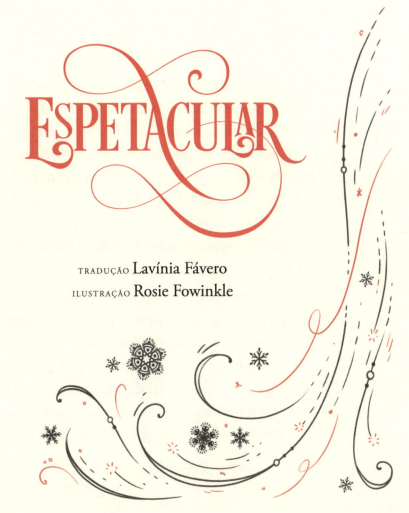

TRADUÇÃO **Lavínia Fávero**
ILUSTRAÇÃO **Rosie Fowinkle**

Publicado originalmente pelas Edições Lendárias, de Valenda, capital do Império Meridiano, durante o Ano 2 da Dinastia Scarlett.

Se você for mesquinho ou tiver alergia à alegria, à fantasia, ao romance, a sonhos e à magia da Noite Feliz, é melhor fechar este livro agora mesmo.
É um fato bem conhecido esta história contagiar os leitores com o espírito da Boa Festa e com sonhos de ser arrebatado. É sabido que certos leitores começaram a cantar de uma hora para a outra ou começaram, espontaneamente, a fazer biscoitos com motivos noite-felicianos.

Este livro pode ser comprado, presenteado, emprestado, mas não se deve, sob hipótese alguma, ter exemplares transportados para o Magnífico Norte. A magia deste livro não se dá bem com as histórias amaldiçoadas do Magnífico Norte e, caso sejam misturadas, a Edições Lendárias não se responsabiliza pelo que possa acontecer.

*Este é para minha irmã.
Scarlett e Tella não existiriam se, antes,
não existissem Stephanie e Allison.*

Os convites chegam dentro de caixas. Aparecem ao soar das doze badaladas – do meio-dia, não da meia-noite. Seria uma tragédia se esses convites se perdessem na escuridão ou fossem roubados por estrelas gananciosas.

As caixas são de madeira imaculada, branca como a neve, e têm a largura de uma página de livro.

*Aaaaahs* tomam conta do ar quando as caixas são encontradas nas portas e janelas das casas, por toda a cidade. Têm flocos de neve entalhados na tampa e o nome das pessoas gravado com pirógrafo nas laterais.

Até então, o frio e a neblina tomavam conta do ar. Mas agora quem toma conta do ar é a magia *do que poderia ser*.

Alguns as abrem na mesma hora: soltam rapidamente o laço de fita de veludo vermelho que lacra a caixa, fazendo as vezes de tranca. Outros esperam, com toda a calma. Nunca haviam aparecido caixas como aquelas por toda a Valenda assim, do nada. Muitas pessoas querem aproveitar o momento ao máximo e levam a bela caixa para dentro da própria casa, do próprio castelo ou apartamento com vista para as ruas cobertas de neve, apinhadas de vendedores ambulantes que, agora, desejam voltar para casa e ver se também receberam uma.

Esse desejo, esse maravilhamento, se infiltra na madeira da caixa e transforma o convite que ela traz. Quando as pessoas levantam a tampa, têm a impressão de que o papel dentro da caixa está em branco.

E aí...

A folha crepita como um pedaço de lenha na lareira, prestes a se partir. Depois vem uma faísca, um chiado e então surge uma minúscula explosão de luz no centro da folha. A luz se espalha feito fogos de artifício, preenchendo o papel com letras douradas e cintilantes:

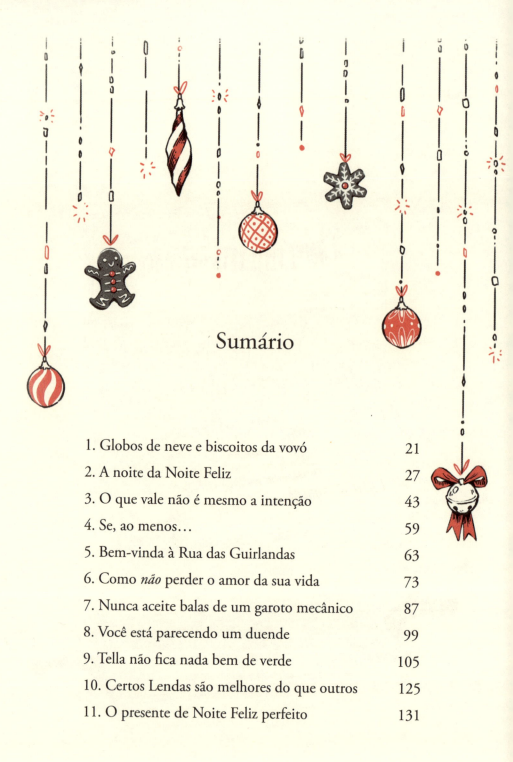

# Sumário

1. Globos de neve e biscoitos da vovó — 21
2. A noite da Noite Feliz — 27
3. O que vale não é mesmo a intenção — 43
4. Se, ao menos… — 59
5. Bem-vinda à Rua das Guirlandas — 63
6. Como *não* perder o amor da sua vida — 73
7. Nunca aceite balas de um garoto mecânico — 87
8. Você está parecendo um duende — 99
9. Tella não fica nada bem de verde — 105
10. Certos Lendas são melhores do que outros — 125
11. O presente de Noite Feliz perfeito — 131

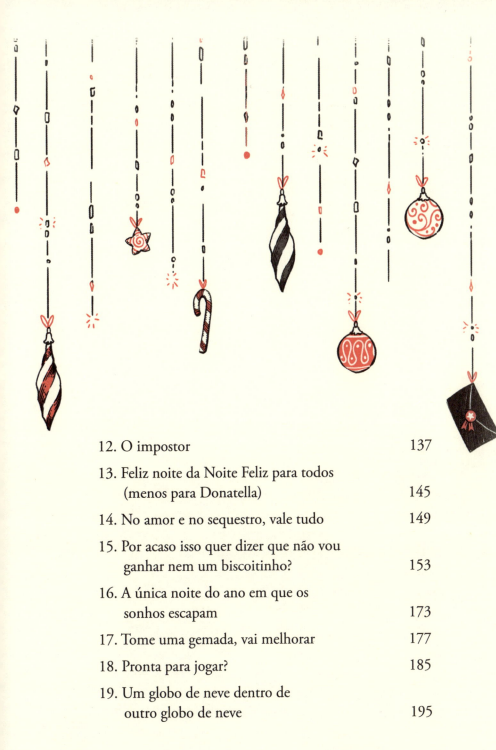

12. O impostor — 137

13. Feliz noite da Noite Feliz para todos (menos para Donatella) — 145

14. No amor e no sequestro, vale tudo — 149

15. Por acaso isso quer dizer que não vou ganhar nem um biscoitinho? — 153

16. A única noite do ano em que os sonhos escapam — 173

17. Tome uma gemada, vai melhorar — 177

18. Pronta para jogar? — 185

19. Um globo de neve dentro de outro globo de neve — 195

# Gazeta do Sussurro

## Edição Especial de Noite Feliz

### Uma história de maravilhamento rende uma história maravilhosa

**Por Kutlass Knightlinger**

Há quem diga que a Noite Feliz, também conhecida como a Boa Festa, é uma comemoração inventada pela guilda dos fabricantes de brinquedos. Outros alegam que foram as costureiras e alfaiates que, em conluio, tramaram a criação de um dia para vender lenços de seda masculinos, vestidos e luvas que seriam usados uma única vez. E, é claro, há quem acredite que foi uma ideia açucarada dos confeiteiros.

Mas a verdade é que a Noite Feliz chegou ao Império Meridiano pela princesa Infinidade Larkspur, do Norte, que se casou com o imperador Xavier IV durante o sétimo ano da dinastia Xavier.

Quando veio morar no Império Meridiano, a princesa Infinidade ficou, evidentemente, muito perturbada ao descobrir que seus súditos tinham tão poucos dias para apenas comemorar – espalhar alegria, felicidade e amor.

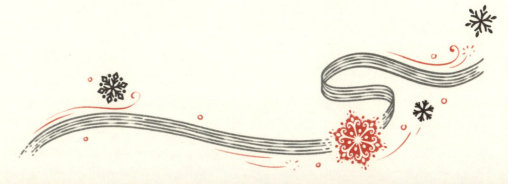

Ela acreditava que as pessoas precisam se divertir. Ter expectativas. Desejos. Doar.

E, sendo assim, a Boa Festa foi criada.

Novas festas – e feriados imperiais – nasceram depois disso. A princesa Infinidade transformou antigos mitos e histórias em feriados, com a mesma naturalidade que outros integrantes da realeza transformam pequenas indiscrições em histórias escandalosas.

É verdade que as costureiras, os fabricantes de brinquedos e os confeiteiros se beneficiaram – e muito – com o advento da Noite Feliz.

Mas será que a mesma coisa não pode ser dita de todos nós?

Posso até não ter mais idade para brinquedos, mas espero nunca ficar velho demais para a alegria, me arrumar de um jeito bem bonito e dar presentes.

Este ano, confesso, não tenho nenhuma pessoa amada em especial para presentear. Mas já tenho um presente na manga, caso alguém chame a minha atenção na festa da imperatriz Scarlett.

# 1
## Globos de neve e biscoitos da vovó

Mais tarde ficaria óbvio que coisas insólitas estavam para acontecer na cidade de Valenda. A maioria das pessoas que vivia dentro dos limites da famosa cidade não conseguia enxergar o que estava acontecendo. Porém, assim como tantas coisas na vida, quem assistia a tudo do lado de fora conseguia enxergar perfeitamente.

Depois que a Noite Feliz passou, os capitães dos navios que estavam no mar diriam: "Parecia que uma grande

redoma de vidro tinha sido colocada por cima de toda a cidade, transformando-a em um enorme globo de neve, com neve rodopiando pelos ares e tudo. Juro pelos dentes do meu avô!".

Não seria preciso jurar.

Mesmo antes de a Boa Festa ter início, os navios já tinham parado de ancorar no porto de Valenda. Porém, em meio a toda aquela euforia e alegria da Noite Feliz, poucas pessoas repararam nisso.

Nas docas, um único jovem marujo se considerava sensato demais para aquela alegria toda da Boa Festa. Tinha apenas 17 anos, mas usava um elegante chapeuzinho de marinheiro, que o fazia ficar com cinco centímetros a mais de altura.

Ao que tudo indicava, todos na cidade estavam com a cabeça grudada nas nuvens de bengalas de açúcar. Ao contrário dos demais, o jovem marinheiro sensato havia reparado nos navios e foi procurar outra pessoa ponderada para falar desse fato. Marchou pelo porto com ar de importante, desviando de todos naquele ambiente irritante de tão festivo, levando consigo uma lista de navios que deveriam ter chegado e não chegaram.

O marinheiro não se deixaria distrair por todas aquelas bengalas de açúcar imensas, posicionadas nas ruas uma ao lado da outra, nem pelos carrinhos de sidra com especiarias – que, ao que tudo indicava, estavam por toda parte –, nem pelas pessoas que, de uma hora para a outra, do nada, começavam a cantar.

Mas então ele viu, bem no meio da rua, uma enorme casa de biscoito de gengibre que soltava fumaça de canela pela chaminé coberta com delicados e intrincados arabescos de glacê branco.

O marinheiro parou de supetão.

Aquela casa era igualzinha às casas de biscoito que sua vovó costumava fazer – só que as da vovó não tinham a fumaça de canela mágica e nunca eram grandes ao ponto de alguém conseguir pôr os pés lá dentro. Mas todos os demais detalhes estavam ali. As balas de goma em tons pastel cobrindo o telhado gigante, o granulado prateado polvilhado nas janelas enormes, as balas de menta com espirais brancas e vermelhas enfeitando a porta de tamanho exagerado.

Ele passou um minuto inteiro sem conseguir se mexer.

A avó havia falecido na Noite Feliz retrasada. E era mais fácil fingir que a Boa Festa não estava acontecendo do que comemorá-la sem ela.

O marinheiro finalmente se sacudiu. Obrigou-se a recordar do que precisava fazer. Precisava relatar que os navios não haviam chegado. Mas aí a porta de biscoito de gengibre se entreabriu, e ele jurou ouvir a voz da vovó:

– Saia da neve e entre aqui, Pierre. Acabei de fazer um chocolate quente fresquinho e seus biscoitos preferidos.

O aroma de biscoitos de canela em forma de estrela com cobertura de gemada e especiarias se espalhou pelos ares.

"Será que ela está mesmo lá dentro?", pensou Pierre. Não era algo sensato a se pensar. Mas ele estava começando a acreditar que ser sensato durante a Noite Feliz era, na verdade, uma grande tolice.

– Entre, meu menino – chamou a vovó.

E o que mais Pierre poderia fazer?

Não podia resistir à oportunidade de rever a vovó. E não estava lá muito disposto a recusar seus biscoitos preferidos.

Talvez também estivesse um pouco enfeitiçado, só um tantinho.

O que aconteceu com Pierre é uma das muitas histórias pitorescas que iriam se espalhar depois que a Noite Feliz passasse.

Mas claro que a história mais famosa seria a da princesa Donatella Dragna.

## 2
## A noite da Noite Feliz

Donatella Dragna não sabia que estava sob o domo de um globo de neve gigante.

Tella só sabia que era noite da Noite Feliz e...

Estava nevando dentro do palácio da irmã?

Ela parou de andar por alguns instantes. Suas saias azul-gelo se enroscaram nas pontas dos sapatos, porque o ar ao seu redor formou um redemoinho de neve e purpurina prateada cintilante.

Aquela neve que caía dentro do palácio era novidade. Não que Tella estivesse surpresa. Ao longo das últimas

semanas, todos os dias, a princesa acordava e descobria que a irmã havia colocado mais alguma decoração nova e elaborada em seu palácio. Todas as paredes, lareiras e portas estavam enfeitadas com fios de sininhos dourados, galhos de frutos do bosque cristalizados, guirlandas de azevinho de unicórnio importadas do Magnífico Norte, e a novidade agora eram aqueles flocos de neve encantados que *não paravam de cair e cair* sem jamais tocar o chão ou os cachos perfeitos do cabelo de Tella.

– Cuidado! – gritou alguém.

A princesa se abaixou bem na hora, e uma bola de neve passou raspando por sua cabeça.

Um cavalariço vestido de biscoito de gengibre em forma de boneco passou correndo, seguido por uma dupla de criadas vestidas de anjos da neve. Os sapatinhos de feltro das jovens ressoaram baixinho enquanto elas fugiam a toda velocidade.

– Perdão, Alteza! – gritaram as duas criadas, ofegantes. Mas não pararam de perseguir o garoto vestido de biscoito de gengibre, que atirava bolas de neve por trás do ombro e continuava correndo.

Sendo uma pessoa que gostava de arte dramática, Tella seria a última a acusar alguém de ter exagerado. Mas tinha a sensação de que a irmã já estava no limite.

Aquela era a primeira Noite Feliz de Scarlett como imperatriz, e ela havia dado início aos preparativos no começo da Estação Fria. Tudo começou quando ela rebatizou o próprio palácio com o nome de Castelo do Quebra-Nozes. Depois, também foi mudando o nome de tudo o que havia dentro do castelo.

Os apelidos alusivos à Boa Festa deveriam ser apenas temporários. Mas Tella ficou em dúvida quando chegou à porta dupla vermelha que a levaria aos jardins imperiais.

Dois guardas, trajando os uniformes reluzentes como uma maçã do amor e produzidos especialmente para a Noite Feliz, empertigaram-se um pouco quando a princesa se aproximou e abriram a porta. Do lado de fora, nos jardins do palácio, os flocos de neve não eram encantados. Não pararam de cair antes de encostar no cabelo de Tella e empaparam os ombros de sua capa azul-inverno.

Tinham lhe dito que não nevava muito em Valenda, mas, nas últimas duas semanas, a jovem tinha a impressão de que a neve nunca parava de cair. Caía silenciosamente quando Tella passou por uma fileira de esculturas de gelo cintilantes. Bailarinas congeladas com saias de flocos de neve.

Pinheirinhos de gelo apinhados de enfeites geados. Um bando de coelhos da sorte com coroas congeladas. Uma estonteante parelha de cavalos atrelada a um trenó cheio de pedras preciosas e dirigido por um boneco de neve. E ainda havia o enorme relógio da Boa Festa, que dava mesmo a impressão de estar tiquetaqueando, fazendo a contagem regressiva dos minutos que faltavam até a noite do dia seguinte.

Tella tremeu de nervosismo e subiu correndo os degraus, até passar pela última escultura do pátio: uma estátua reluzente da Rainha Feliz, monarca da Boa Festa.

A Rainha Feliz usava uma capa de estrelas, uma coroa de raios de sol e tinha nas mãos uma varinha que realizava desejos. A posição da estátua dava a impressão de que ela estava sacudindo a varinha. Mas diziam que a verdadeira Rainha Feliz só sacudia essa varinha uma vez, exatamente à meia-noite da noite da Noite Feliz.

Reza a lenda que as pessoas de coração puro que pensam em um desejo no exato momento em que a Rainha Feliz sacode a varinha têm seu desejo realizado.

Tella nunca teve nenhum desejo realizado e, por ela, tudo bem, porque preferia não ter um coração lá muito puro.

Entretanto, quando passou pela escultura de gelo da Rainha Feliz, Tella fez um pedido em pensamento – só por garantia, caso a Rainha da Boa Festa fosse mais verdade do

que mito e também estivesse a fim de realizar o desejo de uma jovem que, provavelmente, não merecia.

Depois de passar pela Rainha Feliz, Tella por fim chegou ao Feliz Salão de Baile da Noite Feliz. Ou seria o Salão de Baile Feliz da Noite Feliz?

A princesa não conseguia decorar. Eram muitas as mudanças de nome por causa da Boa Festa, e poderia jurar que metade deles tinha a palavra "feliz" duas vezes.

Assim que entrou, Tella foi desviando com cuidado dos bonecos de neve feitos de *marshmallow* e das escadas espalhadas pelo salão, com criados pendurando fios de bandeirolas com folhas cintilantes, frutinhos carmesins e paus de canela perfumados enrolados em fita dourada.

Um menestrel cantava o clássico "Biscoito de Gengibre Dançarino" enquanto todos trabalhavam, dando a impressão de que a festa já tinha começado. A princesa ouviu risadas vindas do mezanino quando chegou ao meio do salão de baile, onde finalmente viu a irmã.

– Está absolutamente maravilhoso! – exclamou Scarlett, batendo palmas, toda feliz, ao ver que um escultor terminava de cinzelar uma rosa no grande carrossel de gelo que ela encomendara para o baile, marcado para a noite do dia seguinte.

O carrossel tinha quase seis metros de altura e era repleto de cavalos e unicórnios saltitantes, grandes lobos peludos, cervos altivos com chifres enfeitados de estrelas, sereias, tritões, ursos com sino no pescoço, um punhado de trenós de neve capazes de acomodar uma família inteira e muitas e muitas rosas. O brinquedo inteiro brilhava – o gelo era em tons de branco e vermelho – e era ladeado por uma deslumbrante fileira de elegantes rosas de gelo que cintilavam feito diamantes quando a atração girava. Essas rosas também enfeitavam a parte de cima do carrossel, as pilastras da atração e os degraus que levavam à plataforma do brinquedo.

Carrosséis não eram parte das tradições da Noite Feliz, mas Scarlett fazia questão que sua festa tivesse um. Argumentara que o carrossel era para as crianças que não poderiam estar presentes em Caraval.

Tella meio que não sabia se acreditava ou não na irmã.

A Boa Festa sempre foi o dia do ano preferido de Scarlett. Quando criança, ela preferia a Noite Feliz inclusive ao próprio aniversário, à Feira da Estação Quente, ao Festival da Estação Germinal e ao Mercado Noturno da Colheita. Ela passava semanas fazendo enfeites de papel para decorar o quarto e correntes de papel para contar os dias que faltavam.

Até pouco tempo, Tella achava que a Boa Festa era a preferida de Scarlett porque o pai das duas sempre viajava nessa época. Porém, agora, vendo a irmã se empenhar em todos aqueles preparativos, ficava claro que Scarlett realmente adorava a Noite Feliz em si. Além do carrossel

de gelo, o salão de baile estava repleto de várias atrações: laguinhos para pescar prendas com grandes bengalas de açúcar, cabaninhas com oficinas para fazer sua própria coroa e seus próprios colares de festão e barraquinhas de chocolate quente com qualquer tipo de doce imaginável

para pôr em cima, de colheradas de creme de caramelo a palitinhos vermelhos e fofinhos de algodão-doce.

Não se parecia muito com o sonho de uma imperatriz, era mais parecido com um sonho de criança — *a criança que Scarlett jamais pudera ser enquanto vivia sob o mesmo teto que o pai.* Tella estava feliz de ver a irmã enfim dar vida a uma de suas fantasias da infância. E realmente odiaria estragá-la.

Não queria ser a pessoa que despedaça sonhos ou estraga festas.

Mas não tinha escolha.

Se Scarlett não mudasse a data da Noite Feliz, a vida de Tella estaria arruinada. Acabada. Terminada. Seria um caos catastrófico, desastroso, de fazer tremer a Terra.

— *Hãn-hãn* — pigarreou a princesa.

Scarlett deu um pulo de susto, levou a mão ao peito e se virou, rodopiando as saias mágicas. Naquele dia, seu vestido era do mais puro branco da Boa Festa com uma pitada de flocos de neve vermelhos, que caíam lentamente.

— Tella, você me assustou — disse ela, ofegante. — O que está fazendo aqui? E... — Scarlett dirigiu o olhar para trás da irmã. — Cadê seus guardas?

— Não se preocupe com eles. Estão superbem. Saí do meu quarto por uma das passagens secretas. Imagino que eles ainda estão parados do lado de fora da porta, achando que eu passo tempo demais dormindo, me emperiquitando ou fazendo sei lá que bobagem eles acham que as princesas fazem.

A imperatriz franziu o cenho.

— Achei que esse assunto estava encerrado.

— Estava, sim — respondeu Tella, alegremente. — E eu continuo discordando de que preciso ser vigiada o tempo todo. Ninguém que tentou me matar conseguiu, e causo problemas demais para ser sequestrada. — A princesa ergueu e baixou rapidamente as sobrancelhas.

Scarlett não fez cara feia, mas os flocos de neve vermelhos de seu vestido branco caíram um pouco mais rápido e ficaram com um tom acalorado que Tella descreveria como "de frustração extrema".

— Ser um belo monte de problemas não é a mesma coisa que ser invencível — censurou a imperatriz. — Amanhã é a noite da Noite Feliz. — Imagine só que presentaço você poderia ser se um bando de bandidos te encontrasse andando por aí sozinha e resolvesse te raptar e levar para o chefe da gangue.

— Só posso torcer para que algo tão emocionante assim aconteça. — Tella soltou um suspiro.

Scarlett apertou os lábios. Mais uma vez, não foi exatamente uma careta. Por um segundo, Tella achou que a irmã ficou com uma expressão um tanto nervosa. As bochechas estavam rosadas, mas os lábios ficaram quase brancos.

— Cuidado com o que deseja — alertou a imperatriz. — A magia da Boa Festa é real. — Então dirigiu o olhar para uma árvore próxima, com um enfeite que lembrava a Rainha Feliz no topo.

— A Rainha Feliz não passa de um mito — declarou Tella.

Scarlett soltou uma delicada risada debochada.

— Já ouvi dizerem a mesma coisa a seu respeito — retrucou.

A princesa sorriu de orelha a orelha.

— Viu só? Eu *sou* basicamente invencível. Você não precisa se preocupar, ficar achando que bandidos vão me sequestrar. Entretanto... — Nessa hora, Tella suavizou o tom. Realmente não queria que a irmã se preocupasse demais. Só precisava que ela se preocupasse um *pouquinho*. — Talvez eu esteja com um probleminha bem pequenininho.

— Que tipo de probleminha? — perguntou Scarlett.

— Nada que a minha irmã mais velha, que é *imperatriz* de um império *extremamente* poderoso, não possa resolver.

Scarlett espremeu os olhos.

— Por acaso isso tem alguma coisa a ver com aquele jogo de cartas da semana passada?

— Que jogo?

— Aquele em que você apostou meia dúzia de bebês dragões do Magnífico Norte com um dos chefes da guarda.

— Ah, não — respondeu a princesa. — Já resolvi isso. Não preciso de dragão nenhum. — Por mais que, na verdade, quisesse ter um bem pitico como bichinho de estimação. Mas aquele não era o momento de fazer esse pedido. Tella respirou fundo e olhou para a irmã com ar esperançoso. — Só preciso que você mude a data da Noite Feliz.

# 3

## O que vale não é mesmo a intenção

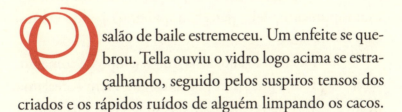

O salão de baile estremeceu. Um enfeite se quebrou. Tella ouviu o vidro logo acima se estraçalhando, seguido pelos suspiros tensos dos criados e os rápidos ruídos de alguém limpando os cacos.

Um vislumbre de algo que parecia preocupação franziu o cenho de Scarlett.

O globo de neve tinha se inclinado.

Uma lufada de flocos de neve entrou no Feliz Salão de Baile da Noite Feliz e rodopiou em volta do carrossel de gelo. A princesa ficou segurando a respiração.

Tella não tinha consciência de que o mundo acabara de se inclinar para o lado por um breve instante. No que lhe dizia respeito, seu mundo estava prestes a desmoronar. Por isso não lhe pareceu nem um pouco estranho o fato de ter perdido o equilíbrio por alguns momentos enquanto esperava a irmã responder à sua pergunta.

Scarlett foi diplomática:

– Não posso mudar a data de um feriado imperial.

– Claro que pode – retrucou Tella. – Você é a imperatriz do Império Meridiano. Pode fazer o que bem entender. É só um feriado. Se outra pessoa da realeza criou esse feriado, você pode muito bem adiar a data por alguns míseros dias e fazer um favor para sua querida irmã caçula.

A expressão de Scarlett ficou tensa. Foi algo sutil: um lento inspirar, um silencioso apertar de lábios. Ela não tinha o costume de se deixar levar pela raiva. Porém, naquele exato momento, Tella percebeu que tinha pisado em um calo inesperado.

– Sei que muita gente acha que esse tipo de comemoração não tem a menor importância, mas tem – declarou Scarlett. – As pessoas precisam da Noite Feliz. Precisam de felicidade, precisam de alegria e precisam de motivos para presentear e amar. Você sabe que eu faria quase qualquer coisa por você, Donatella, mas não posso fazer isso com tantas pessoas. Faltam apenas dois dias para a Boa Festa. Todos no império estão se preparando para ela. Nesta noite, por toda parte, criancinhas não vão conseguir dormir de

tanta empolgação por causa da noite da Noite Feliz. Você não se lembra de quando era criança, de quando passava a noite inteira cantando para a Rainha Feliz, falando do desejo que queria ver realizado?

– Só fiz isso uma vez – resmungou Tella.

– Bom, talvez você devesse tentar novamente este ano, porque não vou mudar a data.

– Por favor – implorou a princesa, unindo as mãos em um gesto de súplica. – Você tem razão. Não é só uma festa. Sei disso e também sei que estou pedindo demais. Não pediria se não fosse absolutamente primordial para a minha sobrevivência.

– Pensei que você tinha dito que estava apenas com um probleminha bem pequenininho...

As sobrancelhas de Scarlett foram se aproximando lentamente. Ela dava a impressão de não saber ao certo se deveria mesmo ficar com medo de que a irmã estivesse com um problema sério ou frustrada com a natureza extrema daquele pedido.

As duas respostas poderiam ser válidas. Tella, contudo, duvidava que a irmã veria as coisas dessa maneira depois de ouvir toda a história que tinha para contar.

Scarlett ainda nem ouvira uma parte da história e já estava com uma cara mais de desconfiança do que de preocupação. O branco do vestido ficou com um tom infeliz de cinza quando ela perguntou:

– Qual é o problema, Tella?

Nervosa, a princesa esticou o braço até um pinheirinho próximo, decorado com pequenas velas brancas e salpicado de enfeites que eram biscoitinhos coloridos. Pegou um enfeite menor, em forma de luva de forno, e mordiscou antes de admitir:

– Ainda não encontrei um presente para Lenda.

– Você... precisa dar um presente para Lenda?

Imediatamente, Scarlett ficou com uma expressão decepcionada. Por alguns instantes, não disse nada.

Tella não teve nenhuma dificuldade para imaginar algumas das palavras que a irmã mais velha estava pensando: "egoísta", "negligente", "indelicada".

Mas Scarlett estava enganada.

Tella tinha pensado nas pessoas e não dava para dizer que se achava mais importante ou merecia mais do que os outros. Porém, acreditava, sim, que desejava as coisas com mais força do que o restante das pessoas. Tanta gente dava a impressão de se contentar com apenas ficar em casa, sentada, esperando as coisas acontecerem: alguém bater à porta, a chegada de uma carta, a magia descer rodopiando pela chaminé e transformar choupanas em castelos.

A princesa acreditava que essas coisas podiam acontecer – tudo pode acontecer. Na opinião dela, era muito mais provável que as coisas verdadeiramente maravilhosas acontecessem se levassem um cutucão ou um empurrãozinho. Tella acreditava que, se as pessoas desejassem com tanta intensidade quanto ela, não ficariam simplesmente

sentadas, esperando por uma oportunidade. Derrubariam portas e atravessariam janelas. Lutariam contra os medos como se fossem dragões. Iriam além do que acreditavam ser capazes para realizar seus sonhos.

Donatella Dragna não estava sendo egoísta. Estava sendo impetuosa e tendo iniciativa.

– Tella – disse Scarlett, calmamente. – Sei que esta é a primeira Noite Feliz que você e Lenda vão comemorar juntos. Mas *o que* você vai dar de presente para ele não tem muita importância. O que vale é a intenção.

– Se você acha isso, é porque não conhece meu irmão – disse uma voz bem conhecida.

A voz de Julian. O amor da vida de Scarlett.

Os olhos da imperatriz ficaram cheios de coraçõezinhos quando o rapaz se aproximou, gingando, usando uma capa verde-escura que esvoaçava em volta dos ombros e esboçando um sorrisinho.

– Tudo é um jogo quando se trata de Lenda, até os presentes.

– Viu? – disse Tella. – Julian concorda comigo. Preciso dar para Lenda o melhor presente que alguém já lhe deu na vida.

Scarlett fez careta para a irmã.

– Tenho a sensação de que você está perdendo de vista o objetivo da festa. Não tem nada a ver com vencer ou dar o melhor presente. Na verdade, tem a ver com amor.

*Meu pedido também,* Tella teve vontade de dizer. *Tem tudo a ver com amor!*

Amor, imbecil amor.

A princesa ficou só observando Julian e Scarlett: os dois estavam se aproximando um do outro sem se dar conta. Roçaram os dedos e, de repente, estavam de mãos dadas.

Tella e Lenda também agiam assim. Depois da primeira vez que o mestre do Caraval disse que a amava, não conseguia tirar as mãos dela, estava sempre acariciando, abraçando, beijando. Mas nos últimos tempos...

Tella nem ao menos sabia onde Lenda estava. À medida que a Noite Feliz se aproximava, ele ficava mais distante. Estava passando muito mais tempo trabalhando do que com a princesa. Dissera que estava ocupado com os preparativos do próximo Caraval. No entanto, Donatella tinha dificuldade de acreditar que era só isso que Lenda andava fazendo, ainda mais porque o amado nunca comentava quais eram seus planos para esse suposto próximo Caraval.

Lenda estava se afastando. Fechando o coração.

Quando se apaixonou por Tella, renunciou à sua imortalidade. Continuava cheio de magia – ainda criava ilusões impecáveis –, entretanto também podia morrer. E, se algum de seus artistas morresse durante o Caraval, não tinha mais o poder de trazê-lo de volta dos mortos.

Pagara um preço caro por amá-la, e Tella temia que, agora, Lenda estivesse se arrependendo disso. Esse era o

verdadeiro motivo para o presente ter tanta importância, para a Noite Feliz em si ter importância.

A princesa precisava provar para o mestre do Caraval que o amor valia mais do que qualquer outra coisa no mundo. Precisava se certificar de que ele não iria se arrepender da escolha que fizera. Precisava, portanto, encontrar um presente que demonstrasse o quanto o amava e conhecia.

O problema era que, em parte, ela temia a possibilidade de, no final das contas, não o conhecer de fato. *Se realmente o conhecesse, será que já não teria encontrado o presente perfeito para ele?*

— Ainda há tempo — declarou Scarlett, sendo sensata. — Você tem um dia e meio até todos trocarem presentes, à meia-noite de amanhã.

Julian deu uma risadinha debochada.

— Isso não é tempo suficiente, nem de longe.

A imperatriz se virou para Julian. Os dois já estavam próximos. Então, ela inclinou a cabeça e lhe deu um sorriso cheio de amor e carinho, deixando apenas míseros centímetros entre eles.

— Se você acha que minha irmã não consegue fazer isso sozinha, talvez, então, a gente deva ajudá-la.

Julian fez cara de quem preferia comer um punhado de enfeites de pinheiro quebrados, mas é claro que jamais diria isso para Scarlett. Sorriu para ela com ar de adoração. Nunca olhava para mais ninguém desse jeito, só para ela.

Os olhos castanhos estavam com o ar mais terno possível para um patife feito Julian, que respondeu com calma:

— Isso seria trapaça, Carmim.

— Até parece que Lenda joga conforme as regras — argumentou Scarlett.

— Exatamente! — concordou Tella.

Só que seu verdadeiro medo não era tanto se Lenda venceria aquele joguinho específico, era mais de que ele nem estivesse jogando, independentemente do comentário de Julian.

Lenda havia dito para Tella que não ligava muito para a Noite Feliz. Além disso, apesar de ter bisbilhotado de todas as maneiras possíveis e imagináveis, a princesa não tinha encontrado um único presente entre as coisas dele.

Era *por isso* que o amor era imbecil. Fazia Tella se preocupar com coisas com as quais jamais havia se preocupado antes.

E, apesar de tudo, a princesa não conseguia se conter. E ficou imaginando se era assim que Scarlett se sentia, já que passava o tempo todo preocupada.

Mais uma lufada de neve entrou no salão. Dessa vez, misturada a um pó prateado que fazia som de sininhos. Rodopiou em volta dos braços de Scarlett e salpicou a capa de Julian.

— Você procurou em todas as feirinhas da Boa Festa? — perguntou Scarlett.

— Uma por uma. Também fui à Praça das Bengalas de Açúcar, à Via das Rabanadas e à Travessa dos Anjos de Neve.

— Você nunca vai achar um presente nesses lugares — declarou Julian, com a capa ainda voejando por causa de um punhado de flocos de neve que eram um pouco mais temperamentais do que os demais. Deu um tapa neles e disse: — Se for uma coisa que um vendedor ambulante tem às dúzias no carrinho, não é um presente para o meu irmão.

— Você já tentou procurar na Rua das Guirlandas? — perguntou Scarlett.

— Essa é aquela rua em que vendem panetone? – perguntou Tella.

— Acho que esse é o Beco dos Panetones – comentou Julian, franzindo o cenho.

— A Rua das Guirlandas é meio fora de mão – disse Scarlett. – E sua loja mais famosa só abre por um dia.

— Se é tão famosa, por que nunca ouvi falar? – perguntou Tella.

— A rua saiu de moda nos últimos tempos – explicou a imperatriz. – Eu mesma nunca fui, mas Aiko* comentou comigo sobre ela quando eu estava pensando no seu presente. Ela disse que, cem anos atrás, todo mundo só comprava na Rua das Guirlandas. Tinha os melhores doces, os mais lindos chapéus, vestidos e meias de seda e os mais verdes pinheirinhos de Noite Feliz. E o que fez a rua ficar realmente famosa foi o Baú dos Brinquedos do Senhor Guirlanda.

— Isso está mais com cara de história de ninar.

— E provavelmente é – prosseguiu Scarlett. – Todos os anos, o Baú dos Brinquedos do Senhor Guirlanda abre

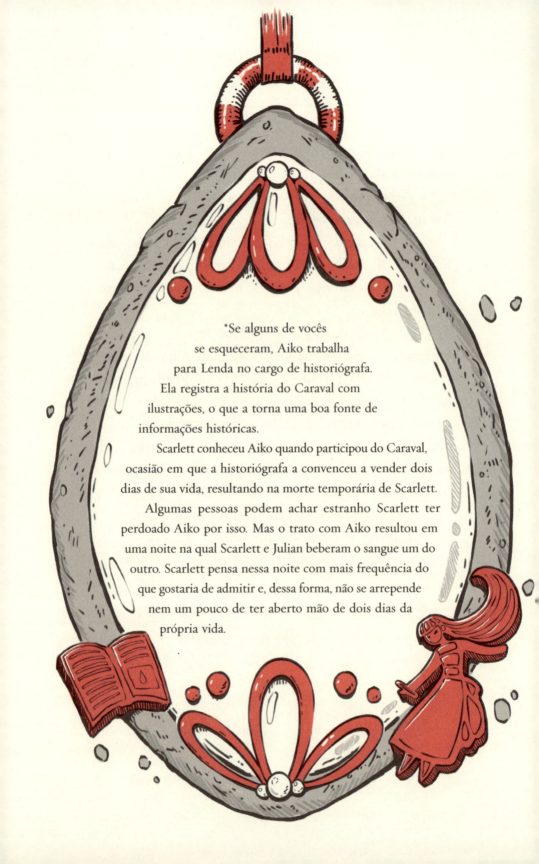

*Se alguns de vocês se esqueceram, Aiko trabalha para Lenda no cargo de historiógrafa. Ela registra a história do Caraval com ilustrações, o que a torna uma boa fonte de informações históricas.

Scarlett conheceu Aiko quando participou do Caraval, ocasião em que a historiógrafa a convenceu a vender dois dias de sua vida, resultando na morte temporária de Scarlett. Algumas pessoas podem achar estranho Scarlett ter perdoado Aiko por isso. Mas o trato com Aiko resultou em uma noite na qual Scarlett e Julian beberam o sangue um do outro. Scarlett pensa nessa noite com mais frequência do que gostaria de admitir e, dessa forma, não se arrepende nem um pouco de ter aberto mão de dois dias da própria vida.

por um único dia, na noite da Noite Feliz. Aiko disse que as pessoas começam a fazer fila na semana anterior e, enquanto esperam o Baú dos Brinquedos abrir as portas, transformam a Rua das Guirlandas em um dos lugares mais alegres de toda a Valenda. Dizem que nunca tinha dois brinquedos iguais lá dentro. O senhor Guirlanda passava o ano inteiro criando os presentes e, todos os anos, quando a loja abria as portas, na noite da Noite Feliz, entrava apenas uma pessoa por vez, e cada uma só podia comprar um item, *um único item*, da coleção.

— Isso não me parece um jeito muito inteligente de fazer negócios – comentou Tella, entredentes.

— Mas dá certo – interveio Scarlett. – Todos os anos, antes que o sol se ponha na noite da Noite Feliz, todas as mercadorias são vendidas.

— Então por que o lugar está fora de moda? – perguntou Tella. – Por acaso o senhor Guirlanda matou alguém com uma de suas bonecas?

— Ah, não, o senhor Guirlanda nunca fez mal a ninguém. – Scarlett ficou com uma expressão pesarosa. – É que ele morreu. Ninguém sabe ao certo como nem quando. Dizem que há cerca de cinquenta anos, uma semana antes da noite da Noite Feliz, bem quando as pessoas estavam começando a formar fila na frente da loja, apareceu uma tabuleta com os dizeres "Sob nova direção". E, logo abaixo, afixaram uma carta-testamento escrita

pelo senhor Guirlanda. Ele tinha morrido e deixado a loja de herança para seus brinquedos.

– Não sei bem o que pensar a respeito disso. – Tella fez careta.

– Você não é a única – comentou Julian. Com um sorrisinho, ele esticou a mão até o pinheirinho e roubou um enfeite de biscoito em formato de caixa-surpresa com palhaço dentro, decorado com glacê vermelho e dourado. – O Baú dos Brinquedos continua abrindo todos os anos. E, todos os anos, supostamente, a loja está repleta de novas e magníficas criações. Só que muita gente tem medo de comprá-las. Ficam com receio, sem saber de onde vêm os brinquedos e o que podem fazer caso sejam levados para casa.

– Será que Lenda ficaria com medo de um desses brinquedos? – perguntou Tella.

Julian soltou uma risada debochada.

– Se um dia meu irmão tiver medo de um brinquedo, não merece mais ser chamado de Lenda.

– Então, tá – declarou Tella. – Acho que vou dar um pulo na Rua das Guirlandas.

– Não deixe de levar sua guarda! – gritou Scarlett.

Mas Donatella já estava indo embora.

# SOB NOVA DIREÇÃO

Queridos amigos, crianças e disseminadores de alegria,

Por muitos anos tive o prazer de fabricar brinquedos para vocês.

Infelizmente, se estão lendo este bilhete, significa que fui para o grande baú dos brinquedos do além e não fabricarei mais nada. Eu temia que esse dia chegaria, porque ele chega para todos nós. E, sendo assim, tomei as devidas precauções para garantir que o Baú dos Brinquedos reabra suas portas todos os anos.

Deixo, portanto, o Baú dos Brinquedos do Senhor Guirlanda para uma coleção muito especial de brinquedos que fabriquei ao longo dos anos.

Eles cuidarão muito bem de todos vocês e sabem o que precisam fazer para garantir que a loja reabra todos os anos e continue a levar alegria e maravilhamento às casas de toda a cidade pelos anos e anos que estão por vir.

Feliz Noite Feliz e adeus,
James T. Guirlanda
Fabricante de Brinquedos
Selo de Excelência concedido pela Sociedade Oficial de Fabricantes de Brinquedos

# 4
## Se, ao menos...

Quando Tella chegou ao meio do salão, Scarlett e Julian se *entreolharam*. Faziam muito isso. Principalmente Julian, que dava a impressão de nunca conseguir tirar os olhos de Scarlett. Tinha o costume de ficar observando a imperatriz do outro lado do recinto, só esperando o momento em que ela olharia para ele. Nessa hora, Julian dava uma piscadela, sorria ou lançava para Scarlett um olhar que parecia dizer "Podemos, por favor, fugir dessa gente toda?".

Mas aquele não foi um desses olhares.

Tinha sido um olhar que poderia ter mudado a situação de Donatella Dragna se ela tivesse parado por um instante, virado para trás e visto.

## 5

# Bem-vinda à Rua das Guirlandas

*Quando os flocos de neve começam a ter gosto de açúcar*
*E as pessoas começam a cantar canções de Noite Feliz*
*É só procurar os bonecos de biscoito de gengibre*
*Dançando pela mais alegre das ruas*
*Para ter certeza de que a Noite Feliz começou...*

som das pessoas cantando, formando um coral espontâneo, recepcionou Tella assim que ela pôs os pés na Rua das Guirlandas.

As calçadas estavam cobertas de neve. A princesa pensou que faria barulho quando pisasse nela com suas botas, mas aquela neve era tão fofa que sentiu seus pés afundarem lentamente.

Todas as lojas eram pintadas de um branco lustroso e enfeitadas com alegres roseiras vermelhas que acompanhavam o caminho salpicado de neve até cada entrada, onde havia tabuletas presunçosas e maçanetas de um dourado reluzente.

Todas as janelas eram decoradas com bandeirolas vermelho-granada ou guirlandas verde vivo que espalhavam pelo ar o aroma fresco e pungente dos pinheirinhos de Noite Feliz.

Era tão encantador que chegava a ser perfeito.

Só que, na verdade, a sensação não era de perfeição.

Quando Tella deu mais alguns passos, pisando com as botas naquela neve que continuava sem fazer barulho, sentiu um ar característico de estranhamento na rua: parecia que as lojas não eram realmente lojas, mas peças de um vilarejo de porcelana que alguém havia tirado de uma vitrine gigante e posicionado ali, como decoração.

Scarlett havia dito que a loja do senhor Guirlanda abria apenas um dia por ano. Mas Tella não ficaria surpresa se descobrisse que a rua *toda* só existia durante aquele único dia. Que, até algumas horas atrás, não havia nem sinal da Rua das Guirlandas e que, depois daquela noite, o local tornaria a desaparecer. A loja, a rua, as pessoas cantando – *puf!* Pela manhã, tudo teria sumido, deixando como rastro apenas um ou outro montinho de neve errante.

Tella imaginou que, caso voltasse no dia seguinte, aquela cena pitoresca seria substituída por ruas lotadas de gente, repletas de lojinhas estreitas, espremidas feito fósforos dentro da caixa, e cheias de vendedores ambulantes com seus carrinhos, apregoando aos berros o preço de suas mercadorias.

Naquele dia, não havia nenhum ambulante ou carrinho por ali, nenhuma criança na rua atirando bolas de neve nas pessoas que faziam compras. A princesa nem sequer avistou um gatinho perdido.

*Tem alguma coisa errada neste lugar*, disse uma vozinha dentro de sua cabeça.

*Não era para você estar aqui*, completou a voz.

Avisos como esses só deixavam Donatella Dragna mais curiosa.

As primeiras lojas pelas quais passou vendiam doces.

O Palácio das Balas de Goma tinha expositores com enormes frascos de vidro de farmácia antigos cheios de balas embrulhadas em papéis de cores vivas. Todos tinham tampas polvilhadas de dourado e delicadas etiquetas presas na tampa.

O desejo de Tella era que as etiquetas prometessem habilidades mágicas às balas, tipo transformar os olhos de quem as comesse em estrelas ou tornar tudo o que a pessoa dissesse um pouco mais adocicado.

A princesa não queria dar doces de presente de Noite Feliz para Lenda. Mas, se os doces vendidos naquelas lojas fossem mágicos, ela pelo menos teria a sensação de que estava no caminho certo.

Tragicamente, as etiquetas nada prometiam, aquelas eram só balas comuns, de menta ou de anis sabor vermelho. Ainda que Tella achasse que vermelho não era um sabor de verdade.

A princesa torceu para que o Baú dos Brinquedos do Senhor Guirlanda tivesse opções mais inspiradas.

Quando se aproximou do fim da rua, Tella respirou fundo aquele ar gelado. A loja de brinquedos era menor do que esperava. Ao contrário de todas as outras lojas da quadra – que davam a impressão de que poderiam não ter existido até aquele dia –, parecia que o Baú dos Brinquedos do Senhor Guirlanda *sempre* tinha estado ali.

Tella imaginou a lojinha brilhando no começo dos tempos. Visualizou a porta vermelha, em tom de frutos do bosque, brotando lentamente, feito uma árvore. Depois formando as vitrines, as paredes e aquele teto pitoresco. Tudo era em tons de vermelho, branco, verde e dourado.

O festão dourado pendurado nas vitrines a fez pensar em folhas que nasciam no inverno e caíam na primavera.

Atrás de uma das vitrines havia o pinheirinho de Noite Feliz mais verde que Tella já vira na vida, todo rodeado de presentes perfeitamente embrulhados com papel branco e finalizados com laços vermelhos impecáveis. Na outra vitrine também havia pacotes de presente. Só que não estavam na base de um pinheirinho: contornavam os pés de uma bailarina de porcelana em tamanho real.

A bailarina usava um tutu branco cintilante repleto de sininhos de Noite Feliz por toda a volta da barra da saia. Um dos braços estava erguido acima da cabeça, e o outro, arqueado na altura da cintura. Ambos estavam cobertos por luvas vermelhas e ligados a fios dourados que iam subindo, subindo, subindo, até chegar à cruzeta da marionete.

Não havia ninguém segurando a cruzeta. Apesar disso, Tella viu que lentamente a bailarina começou a ficar na ponta dos pés, porque os fios dourados da marionete começaram a se movimentar.

Devia ter algum tipo de mecanismo dentro dela.

*Ou será que aquela bailarina não era de brinquedo coisa nenhuma?*

Tella supôs que a bailarina era de brinquedo porque estava parada em uma vitrine. Porém, quanto mais observava, mais realista ela parecia. A pele, os cabelos, a postura elegante: tudo parecia humano, com exceção dos olhos grandes, que não piscavam.

Uma pessoa que passava fez "ooh" e entrou na loja. Mas Tella se sentia vagamente decepcionada.

Já vira coisas muito mais estranhas do que uma boneca que parecia gente e do que gente que parecia boneca.

A princesa já tinha lutado contra fantasmas e contra a morte, vira pessoas presas dentro de cartas de baralho. Aquele brinquedo realista era muito menos impressionante do que deveria ser.

Talvez dentro da loja houvesse coisas mais empolgantes.

Tella se dirigiu à porta, até que viu outra coisa na vitrine...

*O reflexo de uma cartola preta.*

Donatella se virou para trás na mesma hora, os cachos loiros bateram no rosto, e o coração disparou.

# 6
# Como *não* perder o amor da sua vida

Que coisa mais boba: a mera visão de uma cartola tinha o poder de sobressaltar o coração de Tella.

A princesa tanto adorava quanto odiava o efeito que o mestre do Caraval lhe causava. Donatella Dragna jamais quis que ninguém tivesse tamanho poder sobre ela.

Ainda se lembrava da expressão de Lenda na manhã seguinte ao primeiro beijo dos dois. Ambos tinham adormecido no chão da floresta. Quando Lenda acordou no dia

seguinte, não tinha nem uma folhinha de grama grudada nas botas engraxadas. Vestido em tons de preto-nanquim, não ficara nem com o lenço amarrado no pescoço fora do lugar, parecia um anjo sombrio e sem asas que fora atirado dos céus e caíra de pé.

Tella pensara que, em algum momento, a impressão que tinha dele mudaria, que Lenda, uma hora ou outra, lhe pareceria menos perfeito, menos intocável, menos como um sonho sombrio e efêmero pelo qual não deveria se apaixonar, o tipo de sonho perigoso que poderia despedaçá-la com toda a facilidade, caso quisesse, depois que ela baixasse a guarda e abrisse o coração.

Não acreditava que Lenda pretendia despedaçá-la naquele dia.

Apesar disso, sentia-se incrivelmente frágil ali, parada perto do mestre do Caraval, os dois na frente do Baú dos Brinquedos do Senhor Guirlanda. Tella estava na calçada impecável; Lenda, na rua de paralelepípedos. Ela tentou não olhar para as mãos dele, para ver se tinha algum pacote de presente.

Mas não conseguiu se conter.

Olhou para as mãos dele.

Vazia e vazia.

Dirigiu seu olhar, disfarçadamente, para os bolsos do rapaz, tentando detectar os contornos de uma caixinha.

Não viu nada.

Não viu nada além de Lenda, todo de preto, desde o lenço de seda ao redor do pescoço às pontas das botas bem engraxadas. Em sua mente veio à tona a vaga ideia de que a expressão "moreno, alto, bonito e sensual" precisava ser mudada para "moreno, alto e Lenda".

Mais uma vez, o coração de Tella se sobressaltou, batendo rápido e com força.

Os lábios doíam, esperando que ele fosse beijá-la...

Flocos de neve cintilantes rodopiavam em volta dos dois, tornando aquele um momento perfeito para um beijo. Vale lembrar que a princesa acreditava, com toda a sinceridade, que quase qualquer momento era perfeito para um beijo.

Beijos são maneiras perfeitas de dizer "oi" e "tchau".

Beijos são maneiras perfeitas de agradecer.

Beijos são excelentes para comemorar e são ainda melhores para aliviar qualquer tipo de dor.

E, por falar em dor, os lábios de Tella continuaram doendo enquanto ela esperava que Lenda lhe desse um beijo de "oi".

Lentamente, o mestre do Caraval esboçou um sorriso para ela, erguendo um dos cantos da boca de um jeito indolente. Mas não se aproximou. E, depois de alguns dolorosos segundos, Tella teve a sensação de que era tarde demais para se aproximar dele.

Lenda não havia rejeitado diretamente sua tentativa de beijá-lo, já que, na verdade, Tella não tentara beijá-lo de fato. Porém, a mais perfeita oportunidade para um beijo havia ficado para trás, e Lenda não tinha nem tentado... Aquilo a deixou com a sensação de que não deveria tentar beijá-lo também.

A princesa tentou se convencer de que estava sendo absolutamente ridícula. Tentou se convencer a apenas beijá-lo logo de uma vez, se era isso que queria. Lenda abrira mão da imortalidade por ela.

Olhando bem, seria só coisa da sua imaginação ou Lenda aparentava estar um pouco mais imortal?

O mestre do Caraval era belo, estupidamente belo, daquele jeito que, em geral, fazia as garotas – e diversos garotos – perderem um pouco a cabeça caso se aproximassem demais. Tinha aquele tipo de maxilar forte e marcado à perfeição. Um maxilar que dizia: "Oi, sei que você quer tocar em mim. Sei que você quer passar o dedo em mim e, depois, quem sabe, os lábios".

Coisa que Tella já tinha feito.

Conhecia Lenda bem ao ponto de saber que, naquele momento, ele exalava uma magia a mais, com certeza.

Pensou que poderia estar só imaginando, por causa de sua beleza, daquele "jeito Lenda de ser" e porque sempre tinha a impressão de que a pele do mestre do Caraval estava brilhando. Mas essas eram características que sempre estiveram presentes.

Havia algo a mais... algo que Tella não conseguia apontar. Em parte, provavelmente, porque os dedos estavam ficando dormentes, já que ela e Lenda estavam ali, parados na neve, *sem se beijar*.

E, sendo assim, Donatella Dragna fez o que sempre fazia quando ficava nervosa, com medo ou sentia qualquer emoção com a qual não estava muito disposta a lidar.

Resolveu fugir.

— Por mais feliz que eu fique de vê-lo, meu amor, receio não ter tempo para ficar à toa na rua.

E virou-se para ir embora.

Lenda segurou Tella pelo pulso e a virou de frente para ele. Seu sangue ferveu, graças à combinação de ter sido tocada por Lenda, de ter rodopiado e da proximidade súbita e avassaladora do rapaz.

— Aonde você vai assim, tão rápido?

*Estou indo embora porque você não me beijou*, pensou ela. Mas o que disse foi:

— Não é da sua conta.

— Você sempre é da minha conta, Donatella.

O mestre do Caraval colocou as mãos em Tella e as passou devagar pelo braço da princesa, enfiando-as por baixo da capa e acendendo uma chama quando ele acariciou a pele nua entre a luva e a manga.

A jovem poderia muito bem ter pensado que ele estava tentando atormentá-la. Mas Lenda sempre causava esse efeito nela.

Donatella Dragna costumava pensar que beijos são como tostões, coisas que devem ser usadas para ter rápidos instantes de diversão. E aí beijou Lenda.

Beijar Lenda não foi divertido. Teve a sensação de que aquilo era algo *essencial*. Antes do primeiro beijo entre eles, as necessidades básicas de Tella consistiam em comer, respirar e dormir. Depois, a lista mudou para comer, respirar, dormir e beijar os lábios de Lenda.

Mesmo depois do beijo a princesa continuou se derretendo toda por estar sendo tocada pelo mestre do Caraval.

Lenda permaneceu absolutamente frio e perguntou:

— Por acaso você fugiu para comprar um presente para mim?

Tella suavizou a expressão, tentando fazer uma cara que fosse recatada e calma de um jeito sedutor (pelo menos era assim que ela torcia que fosse).

— Você acha mesmo que tudo gira ao seu redor.

— Só porque normalmente gira.

Lenda deu um sorrisinho irônico.

Um sorrisinho irônico injusto de tão bonito. O tipo de sorrisinho irônico que poderia ter se transformado em um sorriso glorioso, se ele fosse um pouquinho menos convencido.

Tella fez que não.

— Você se acha, não é mesmo?

A expressão nos olhos castanho-escuros de Lenda mudou. Se fosse qualquer outra pessoa, Tella diria que havia um brilho nos olhos do rapaz. Só que brilho no olhar não deveria causar nervosismo, e aquele olhar cintilante e mágico a deixou muito angustiada.

— Acho engraçado ouvir isso da pessoa que implorou para a irmã mudar a data de um feriado imperial porque estava com medo de não conseguir comprar um presente que estivesse à *minha* altura.

Tella sentiu as bochechas arderem de tão vermelhas. Xingou Julian em pensamento, imaginando que ele provavelmente tinha contado seu dilema para Lenda.

— Não faço a menor ideia do que você está falando — mentiu a princesa.

Pensou em se afastar da mão dele. Mas Lenda, de repente, fez cara de quem tinha algo importante para contar.

— Você não precisa me dar presente nenhum, Donatella. Não sou lá muito fã da Noite Feliz. — Lenda fez uma careta porque um cavalo passou, tilintando o sino que tinha no pescoço e puxando um trenó cheio de pessoas cantando uma música que falava de um presente fujão. — Achei que já tinha te dito isso — falou, baixinho.

— Sei que você disse isso. Mas queria te dar um presente mesmo assim. Eu...

Aquela poderia ser uma excelente hora para Tella dizer que amava Lenda e que queria demonstrar isso com o presente perfeito.

Mas um dos muitos erros que a princesa cometera nos últimos tempos tinha sido comprar e ler um livretinho intitulado *Como não perder o amor da sua vida*.

O livro estava cheio dos piores conselhos.

Tella até tinha percebido, assim que lera as primeiras páginas. Porém isso não a impedira de ler a obra de cabo a rabo e, depois, se fiar em algumas das "palavras de sabedoria" da autora.

*Tome cuidado ao dizer eu te amo.*
*Não diga antes da hora.*
*Não diga antes dele.*
*Não diga na hora errada.*

E, de repente, Tella teve a sensação de que aquela era a hora errada.

E, sendo assim, quando deu por si, em vez de dizer que o amava, se precipitou:

— Seu irmão me contou que, com você, tudo é um jogo, incluindo presentes.

— Julian fala demais.

O mestre do Caraval franziu ainda mais o cenho.

E não fez mais nenhum comentário a respeito de presentes.

Mas, enquanto observava Lenda, ela teve quase certeza de que sabia o que ele estava pensando.

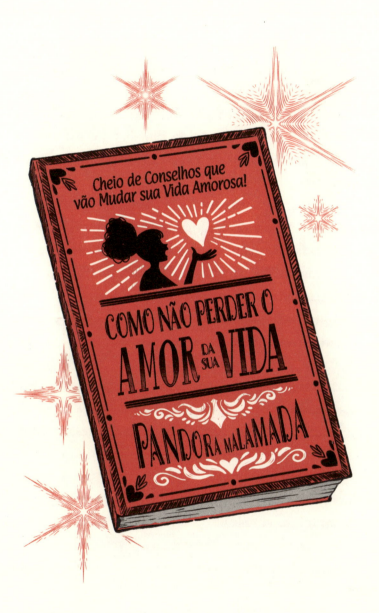

Lenda não tinha comprado nenhum presente para Tella, de nenhum tipo. Na verdade, quando falou que não era lá muito fã da Noite Feliz, estava dizendo que não gostava nem um pouco da Boa Festa e torcia para que a princesa não tivesse expectativa de comemorar a data com ele.

Era exatamente isso que Tella temia.

Sentiu o próprio coração afundar no peito enquanto ficava parada ali, naquela calçada cheia de neve. Tentou não demonstrar. Não queria que o mestre do Caraval fosse embora para lhe comprar um presente por pena ou por medo. Queria um presente dado por amor. Nem ligava para o presente em si, desde que viesse do coração de Lenda.

Só que, parada ali, observando a expressão de Lenda ficar cada vez mais fechada, Tella temeu que ele tivesse feito algo com o próprio coração. Que o tivesse trancado em uma caixa de ferro, como uma donzela presa em uma torre, algo que ele não queria que ninguém tocasse.

— Preciso ir embora.

Lenda soltou a mão de Tella. A expressão que fez ao se afastar foi indecifrável.

— Aonde você vai? — perguntou a jovem.

— Tenho que trabalhar nos preparativos do próximo Caraval.

— Mas é a noite da Noite Feliz. Você precisa mesmo trabalhar hoje? — perguntou Tella.

E é claro que ficou se sentindo uma boba assim que fez essa pergunta.

Nas páginas de *Como não perder o amor da sua vida*, estava escrito "Você jamais deve precisar perguntar nada. Os homens devem ler seus pensamentos".

Mais uma vez, Tella tinha certeza, bem lá no fundo, de que se tratava de um péssimo conselho. Estava com o livretinho no bolso naquele exato momento. Outra das péssimas decisões que havia tomado era andar com ele para cima e para baixo e, talvez, ela não pudesse deixar de pensar que, quem sabe, as palavras escritas nele tivessem seu fundo de verdade...

Se Lenda fosse mesmo seu verdadeiro amor, será que não saberia que Tella queria que ele preferisse ficar com ela ao Caraval? E que queria um presente de Noite Feliz? Apesar do fato de Lenda não ser muito fã da Noite Feliz?

– Sinto muito, muito mesmo, Tella. Mas tem umas coisas urgentes que preciso resolver fora da cidade. Só vim te procurar para avisar que vou tentar voltar amanhã, em tempo de ir ao baile da sua irmã.

# 7

## Nunca aceite balas de um garoto mecânico

Tella sentiu o mundo tremer sob suas botas quando Lenda se afastou. A neve subiu do chão e rodopiou, formando um redemoinho frenético, como se concordasse que deixar o mestre do Caraval ir embora seria um erro terrível.

*Não deixe que ele vá embora.*
*Não deixe que ele vá embora.*

*Não deixe que ele vá embora*, repetiu a princesa, com seus botões.

Imaginou que ia atrás de Lenda. Imaginou que atiraria uma bola de neve na nuca do rapaz, dando início a uma guerrinha que terminaria com ambos rolando na neve e se beijando, depois se beijando mais, e que ficariam deitados ali até o céu escurecer e seus braços ficarem tão gelados que o mestre do Caraval seria obrigado a lhe dar sua casaca. Depois, é claro, Lenda também ficaria com frio, e os dois provavelmente teriam que se abrigar em uma casinha abandonada, onde, só por acaso, a lareira estaria acesa e haveria uma pilha de edredons bem fofinhos no chão.

Tella ajudaria Lenda a tirar a camisa úmida.

Lenda tiraria a casaca de Tella, e os dois ficariam se esquentando até chegar a noite da Noite Feliz.

Tella e Lenda se beijariam e ficariam abraçadinhos e, quando o relógio batesse meia-noite, ele concluiria que, no fim das contas, gostava da Boa Festa. Na verdade, amava, assim como amava Tella.

E tudo correria bem no mundo.

Tella segurou a bainha da saia, pronta para correr atrás de Lenda, mas aí se lembrou de uma passagem que lera em *Como não perder o amor da sua vida*.

*Nunca corra atrás de um homem. Os homens gostam de ter a sensação de que ganharam um prêmio, como se tivessem algo que ninguém mais pode ter. Em vez de se atirar em cima dele, faça-se de difícil, então esse homem vai se esforçar ainda mais para ficar com você.*

De repente, Tella ficou paralisada, com medo de ir atrás de Lenda. Não demorou muito para o rapaz sumir no meio do redemoinho de neve.

Um segundo depois, a lufada de neve se acalmou. Os graciosos flocos brancos voltaram para o chão e para os telhados de todas as lojas de porcelana, e tudo voltou a ser perfeito.

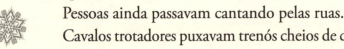

Pessoas ainda passavam cantando pelas ruas.

Cavalos trotadores puxavam trenós cheios de crianças dando risadas.

Sininhos tocavam quando as portas das lojas se abriam, e delas saíam pessoas sorridentes, carregando pacotes de presente.

A única coisa que faltava naquela cena mágica de Noite Feliz era Lenda. Ele fora embora, e Tella não conseguia ver para que lado tinha ido.

– Balas de estrela! Venham comprar balas de estrela! – gritou um vendedor ambulante que empurrava um carrinho vermelho cintilante em forma de baú do tesouro.

A parte de cima do carrinho tinha um pouco de neve salpicada, mas o restante brilhava com um tom reluzente de vermelho-morango. Ele parou na frente da princesa.

O dono do carrinho, um jovem vendedor ambulante, tinha mais cara de menino do que de homem, com cabelo castanho caído nos olhos e bochechas redondas e juvenis. Não devia ter mais que 15 anos e usava um traje risca de giz surpreendentemente estiloso, com o bolso cheio de bengalinhas de açúcar e tudo o mais.

– A bela senhorita gostaria de uma bala de estrela? – perguntou o garoto, apontando para o reluzente baú vermelho.

Tella ouviu um leve rangido mecânico. Por um segundo, poderia jurar que o ruído viera do braço do garoto. Então ela viu a tampa do baú do tesouro se abrir lentamente.

Uma bailarina, miniatura da que vira na vitrine da loja do senhor Guirlanda, apareceu bem no meio do baú.

Os sininhos minúsculos de sua saia de tule tilintaram com delicadeza quando ela rodopiou. Só que, aos seus pés, em vez de presentes, havia balas reluzentes. Balas em forma de estrela, com listras vermelhas e brancas cintilantes.

O garoto tirou uma bengala de açúcar do bolso do colete.

Tella ouviu mais um rangido mecânico quando o vendedor ambulante se abaixou, aproximando-se do baú. E, desta vez, a princesa teve certeza de que o ruído era do ombro dele.

Seria possível que aquele rapaz fosse, na verdade, um brinquedo? Talvez um dos brinquedos para os quais o senhor Guirlanda tinha deixado seu Baú dos Brinquedos de herança?

Tella não ficara muito impressionada quando vira a bailarina realista na vitrine. A bailarina não dissera nada, só ficara na ponta dos pés. Além disso, sua aparência não era tão humana. Mas, no momento que Tella viu aquele jovem vendedor ambulante, pensara: "Um garoto".

O garoto – que poderia muito bem ser um brinquedo – ergueu-se, soltando mais um rangido, seguido de um ruído de engrenagens que fez Tella ter quase certeza de que ele realmente era um brinquedo.

O vendedor ambulante lhe ofereceu a bengala de açúcar, que agora tinha uma bala de estrela cintilante grudada na ponta.

– Obrigada – disse Tella –, não estou com muita fome.

E não sabia muito bem qual era sua opinião a respeito de aceitar comida de bonecos animados.

– Tem certeza?

Os olhos do garoto mecânico brilharam – um brilho real, do tipo que conferia ao brinquedo uma aparência deveras gentil –, e ele continuou oferecendo o doce.

– Estas não são apenas balas comuns. São muito especiais. – O garoto mecânico ficou girando a bengala de açúcar na mão, fazendo a estrela de listras vermelhas e brancas brilhar ainda mais a cada rodopio. – Se você der uma mordida na bala de estrela, prometo que irá encontrar seu único e verdadeiro amor quando o relógio bater meia-noite na noite da Noite Feliz.

– Agradeço mais uma vez, já tenho um verdadeiro amor – respondeu Tella.

– Por acaso está falando do camarada de cartola que acabou de ir embora sem nem lhe dar um beijo? – O garoto mecânico soltou um ruído que poderia ter sido uma risada debochada ou apenas da movimentação de outras engrenagens. Era estranhamente difícil distinguir. – Aquilo não me pareceu um amor verdadeiro.

– Você só nos viu por um minuto!

– Às vezes, não é preciso mais do que isso. – O vendedor ambulante continuou girando a bala de estrela na mão, fazendo as listras vermelhas brilharem cada vez mais. – Do que está com medo? Se aquele camarada de cartola for seu verdadeiro amor, esta bala a levará até ele. – O brinquedo

girou a bala mais uma vez, espalhando o aroma de canela quente e açúcar pelo ar. — Se não for seu único e verdadeiro amor... bem, então a senhorita poderá me agradecer na próxima noite da Noite Feliz.

De repente, a bengala de açúcar com estrela na ponta estava na mão de Tella. Ou, talvez, não tenha sido tão de repente assim. Talvez a princesa tenha mesmo pegado a guloseima assim que o garoto mecânico disse que a bala de estrela poderia levá-la até Lenda.

Se aquela bala a levasse até Lenda, Tella não teria que se preocupar com as regras impressas nas páginas de *Como não perder o amor da sua vida* nem com encontrar o presente perfeito para o mestre do Caraval. Teria certeza de que Lenda era seu verdadeiro amor e poderia não ter nenhuma preocupação na vida novamente, nem teria que ficar parada no meio da rua conversando com brinquedos perturbadores de tão realistas.

Foi só depois de ter pegado a estrela que lhe ocorreu perguntar quanto a bala custaria. Levou a mão à moedeira.

— Não preciso de dinheiro. Considere um presente de Noite Feliz — disse o garoto mecânico, sacudindo o braço.

A tampa do baú do tesouro se fechou com um estalo seco.

Tella aproximou a bala de estrela da boca e deu uma mordida minúscula.

De início, o gosto era igualzinho ao aroma de canela quente e açúcar. Mas havia um outro gosto, um terceiro

gosto que cobriu sua língua com um algodão grudento. E, em seguida, tudo *pareceu* ter virado algodão. A garganta, as pálpebras, a cabeça: tudo ficou nebuloso.

A visão ficou borrada e o mundo ficou branco.

Menos o garoto mecânico. Tella ainda conseguia enxergá-lo, de traje risca de giz, sorrindo enquanto ela caía...

– Feliz Noite Feliz, princesa.

# 8
## Você está parecendo um duende

Julian Santos adorava a Noite Feliz. Como poderia não adorar? Por onde quer que fosse, as pessoas ou estavam alegres ou inebriadas, sempre de um jeito excepcional. Beijar era uma das maneiras tradicionais de comemorar, e ele ficava tão bem de verde que chegava a ser ultrajante.

O irmão estava perdendo o que era bom agindo, como sempre, feito um pedaço de carvão. Todos os anos era a

mesma coisa. Lenda sempre dizia que não gostava da Noite Feliz. Mas Julian suspeitava que, na verdade, o irmão mais velho simplesmente tinha inveja da magia da Noite Feliz e dos sentimentos que essa magia despertava nas pessoas.

Até então, o Caraval jamais fora marcado para uma data próxima da Noite Feliz, e Julian sempre suspeitou que o motivo era o fato de Lenda temer que a magia da noite rivalizasse com a dele.

O mestre do Caraval fez uma cara feia ao ver um grupo de crianças fazendo um boneco de neve. Quando terminaram, elas colocaram uma cartola na cabeça redonda do boneco.

— Está chateado porque não ficou parecido com você? Porque eu acho que ficou meio parecido.

Lenda fez cara feia.

— Não estou chateado por causa de um boneco de neve.

— Está chateado por que, então?

Quando Julian retornou à sua suíte imperial e foi trocar de roupa para o jantar, encontrou o irmão sentado em uma cadeira no canto do quarto, tamborilando os dedos

e emburrado. O mestre do Caraval ficava emburrado com frequência. Mas, normalmente, só ficava assim diante de uma plateia, quando podia receber atenção, como se esperasse ganhar um prêmio por isso algum dia.

— Não estou chateado — resmungou Lenda.

— Então por que está aí de cara amarrada? Achei que você tinha um compromisso. Ou será que... — Julian colocou dois dedos no queixo e fez cara de pensativo — ...por acaso você, o Grande Mestre Lenda do Caraval, está nervoso?

Lenda o fuzilou com um olhar que teria assustado uma criança pequena.

— Só estou falando que você *parece* nervoso — alfinetou Julian.

— E você está parecendo um duende.

— Bom, é melhor do que...

Julian deixou a frase no ar e olhou para o traje todo preto de Lenda, fazendo uma careta.

— O que foi agora? — perguntou o mestre do Caraval, com um tom sombrio.

— Nada — Julian deu de ombros. — É só que... é a noite da Noite Feliz e você meio que está vestido para ir a um funeral.

— *Não vou* me vestir de duende.

— Que bom, porque ficaria ridículo. Além disso, saiba que eu não estou vestido de duende. Só estou de verde. E eu fico absurdamente bem de verde. Você só pensou em duendes porque duendes são mágicos e, por acaso, pela primeira vez, sou o irmão mais mágico.

— Só na opinião de Scarlett — resmungou Lenda.

— A opinião dela é a única que importa para mim. Sabe, na verdade, você deveria anotar essas palavras. Tatuar no peito, quem sabe. Ou melhor ainda: nas costas da mão.

O mestre do Caraval soltou um grunhido.

— Vou embora.

Levantou-se da cadeira de supetão e foi pisando firme até a porta.

— Boa sorte! — gritou Julian. — Acho que você vai precisar.

# 9

## Tella não fica nada bem de verde

Donatella Dragna acordou em um monte de neve gelado e duro. Do tipo congelado, meio cinza.

E que fez barulho debaixo dela, porque rachou quando ela se ergueu.

Pelos dentes do Altíssimo, como estava gelado.

Ela tirou a neve dos braços e, em seguida, abraçou o próprio peito.

– Como pude ser tão ingênua? – Sua capa havia sumido, assim como a moedeira e seu anel preferido. – Maldito brinquedo enferrujado!

O garoto de corda tinha enganado, dopado e roubado Tella. E a princesa foi tola ao ponto de permitir.

Furiosa, ela terminou de tirar a neve que restava no corpo e tentou tomar pé da situação.

Aquela rua estreita tinha prédios bem altos e inclinados dos dois lados, impossibilitando saber que hora do dia podia ser. A única luz vinha dos bruxuleantes lampiões a gás. Tella imaginou que deveria ser bem mais tarde, com base na queda da temperatura.

O perfume fresco e limpo dos pinheiros de Noite Feliz fora substituído por calçadas úmidas e por um aroma forte de especiarias importadas. Cravos vermelhos. Pimenta branca. Coentro preto. Era o tipo de ar pungente capaz de inalar uma pessoa, e não o contrário.

A princesa tossiu, porque uma passante de casaco roxo chamativo soltou uma nuvem de fumaça de charuto.

Ali não havia corais nem crianças dando risadas nem uma única bengalinha de açúcar. Mas havia um montão de bengalas de verdade cafonas, espartilhos à mostra e placas inquietantes nas vitrines.

Com um mau pressentimento, Tella teve certeza de onde estava: o novíssimo Bairro das Especiarias de Valenda,* onde toda e qualquer coisa poderia ser comprada desde que a pessoa estivesse disposta a pagar o preço. Só que, em geral, as coisas ali vendidas tinham uma natureza mais sinistra: contatos de assassinos de aluguel, receitas de venenos, pessoas. E ainda havia os antros de jogatina, de drogas e os bordéis. Tudo isso era proibido por lei em Valenda.

\* Quando Scarlett se tornou imperatriz, uma de suas primeiras missões foi livrar o Bairro das Especiarias de seus negócios nefastos e, de início, parecia que havia conseguido. A imperatriz Scarlett havia limpado o canto mais sujo da cidade e, surpreendentemente, teve que fazer muito menos esforço para isso do que esperava.

Infelizmente, o crime é um tanto parecido com a magia. Tem a habilidade de mudar de forma, mas não pode ser destruído de fato. Enquanto a imperatriz Scarlett limpava o antigo Bairro das Especiarias, os criminosos de Valenda se mudaram para um novo Bairro das Especiarias, na vizinhança de um lugar indecente conhecido como antro de jogatina de Jacks.

Corriam boatos de que Jacks (que ainda era procurado em Valenda) mandara uma carta para todas as pessoas que tinham ligações com negócios ilícitos, alertando-as da limpeza planejada pela imperatriz. Depois, deu a escritura de seu antro de jogatina de presente para um desses criminosos.

Se um dia Scarlett ficasse sabendo o que estava acontecendo com a irmã naquele momento, provavelmente algemaria Tella à sua guarda pessoal em caráter permanente.

Tella precisava sair logo dali.

— Não fique nervosa. — Era a voz de uma garota.

A princesa ficou petrificada, porém a voz não se dirigia a ela. Parecia vir de perto, virando a esquina.

— Sei que é uma coisa que você quer — respondeu outra voz, que parecia pertencer a uma garota ainda mais nova –, mas não sei bem…

— É só um teste — falou a primeira garota. — Não tem nenhum perigo. Além disso, eu também não acredito muito em metade das histórias de terror que contam a respeito do Caraval.

Tella ficou de orelhas em pé ao ouvir a palavra "Caraval".

Olhou rapidamente para a esquina e avistou uma dupla de garotas mais ou menos da sua idade. Tinham bochechas rosadas, o cabelo cacheado preso com fitas. O casaco vermelho de ambas estava bem passado, e os sapatos de pelica branca davam a impressão de terem sido recém-engraxados. Não se enquadravam nem um pouco no Bairro das Especiarias, mas davam a impressão de estarem tentando se enquadrar no Caraval.

A princesa sentiu algo incômodo se remexer dentro dela. Lenda não lhe havia contado que estava fazendo testes para o elenco do Caraval. Contara que tinha trabalho *fora* da cidade.

Por que teria mentido?

Em algum lugar ao longe, o sino de uma igreja deu nove badaladas. Definitivamente, estava tarde.

Mas Tella não estava pronta para voltar ao palácio. Ainda não. Não enquanto não solucionasse aquele mistério.

Ao que tudo indicava, não tinha guardas reais – nem mais ninguém – na rua naquela hora.

E, sendo assim, ninguém viu Donatella seguir as garotas em seus belos casacos vermelhos na tentativa de descobrir o local exato em que, supostamente, os tais testes para o elenco do Caraval estavam acontecendo.

As garotas pararam em um estabelecimento estreito chamado "A Garrafa Verde".

Tella esperou até as duas entrarem para se aproximar.

O ar saía de seu nariz em fracas nuvens brancas enquanto ela examinava a fachada dilapidada do lugar. A placa estava torta. Balançava, sustentada por um único prego, o que fez a princesa pensar que poderia cair a qualquer momento, despedaçando-se em fragmentos de letras quebradas. Era de madeira, e a tinta verde tinha rachaduras como se fosse de vidro, e faltava um "R" na palavra "garrafa".

Tinha alguma coisa errada.

Não parecia ser coisa de Lenda.

Lenda podia até ser sinistro, mas jamais fazia as coisas de qualquer jeito.

Tella entrou com todo o cuidado no A Garrafa Verde, torcendo para que seus instintos estivessem certos, que

aquilo não fosse coisa de Lenda e que, quem sabe, as garotas que seguira tivessem sido enganadas.

O estabelecimento era pequeno e, por dentro, era tão decrépito quanto aparentava ser do lado de fora. As prateleiras estavam meio vazias, e as garrafas dispostas

nelas estavam cobertas de poeira. Para piorar, elas nem eram verdes: todas, com exceção de uma, eram de vidro transparente comum.

Aquilo, com toda a certeza, não era coisa de Lenda. Tirando o fato...

As garotas que Tella seguira tinham desaparecido.

Era um estabelecimento minúsculo, mais uma passagem do que um estabelecimento em si, mas as garotas não estavam lá dentro, e a princesa não conseguia ver nenhuma porta dos fundos ou lateral. E, por um segundo, pensou que, quem sabe, pudesse ter se enganado. Talvez apenas não quisesse aceitar o fato de que Lenda havia mentido para ela.

Só havia mais uma pessoa dentro do estabelecimento: uma senhora de olhos delineados com lápis preto em excesso, e com um ruge escuro nas bochechas. A mulher olhou para Tella com um certo desdém, nem um pouco impressionada com seu estado molhado e desgrenhado.

– Você também veio para o teste?

– Claro – respondeu Tella. – Eu só estava me perguntando...

– Não temos tempo para perguntas, garota. Você está atrasada.

A mulher esticou o braço e pegou a única garrafa verde da prateleira. No mesmo instante, um alçapão se abriu. E, antes que Tella ao menos tivesse tempo de xingá-la, o chão desapareceu debaixo dela.

A princesa caiu.

Foi uma queda curta, mas durou tempo suficiente para expulsar o ar de seus pulmões e deixá-la ofegante ao aterrissar em uma pilha de almofadas ásperas.

– Pelos dentes do Altíssimo.

Tella sacudiu a cabeça para tirar o cabelo dos olhos, olhou para cima e deu de cara com um rapaz alto de barba preta e curta.

Ele a cumprimentou com um grunhido que deu a entender:

– Levante-se e ande logo.

Assim que ela ficou de pé, o rapaz lhe entregou um par de sapatos de salto alto com tiras e um montinho de algo cheio de penas.

Tella espremeu os olhos ao ver aquelas penas.

– Pra que isso?

– É seu figurino.

A princesa examinou o montinho timidamente. Por baixo das penas de um vermelho vivo havia um espartilho de veludo verde horroroso, apertado por uma fita dourada na parte da frente e com um trapo cintilante, de um tecido vermelho que lembrava seda, com duas alcinhas minúsculas e uma sainha muito curta e cheia de babados.

O figurino horrendo brilhava, mas porque era cheio de purpurina, não porque tinha magia.

Aquilo não era *mesmo* coisa de Lenda.

Nada naquela situação, naquele lugar ou naquele figurino lembravam Lenda.

Tella até se perguntou se aquilo era obra do garoto mecânico e de seus amigos de corda. Mas o rapaz de barba não fez nenhum barulho de engrenagem enquanto a conduzia por um corredor inclinado.

— Na verdade – disse a princesa –, só queria conversar com o homem que marcou esses testes.

— Você e todas as garotas que estão aqui. Em todo caso, se quer falar com ele, primeiro vai ter que passar pelo teste.

O rapaz parou no final de um corredor mal iluminado e abriu uma porta que dava em um recinto que era mais um retângulo comprido do que qualquer coisa, com papel de parede vermelho descascado, perfume forte e garotas, todas tentando vestir figurinos variados em tons de verde e vermelho.

— Vocês têm dois minutos! – gritou o rapaz de barba. – Depois vou levar o bando todo para o palco.

Ele fechou a porta, e Tella poderia jurar que o ouviu virar a chave, que fez um clique e rangeu.

A princesa deu mais uma olhada naquela monstruosidade verde e vermelha que estava em suas mãos. Aquele teste poderia ser para qualquer coisa, menos para o elenco do verdadeiro Caraval. Disso Tella tinha certeza.

Lenda era todo cortinas requintadas de veludo vermelho e roupas finas feitas sob medida, nada de papel de parede verde descascado e figurinos baratos.

Donatella Dragna poderia até ter se sentido aliviada com o fato de Lenda não ter mentido para ela. Só que agora estava trancada naquele cômodo com um bando de garotas mal-afortunadas, todas com a mesma aparência jovem e inocente das duas meninas que a princesa havia seguido até ali.

Por que estavam todas ali dentro e não lá fora, esbaldando-se na magia da Noite Feliz? O que o Lenda impostor tinha feito para atraí-las e fazê-las entrar naquele lugar?

Tella já havia sentido uma curiosidade irritada antes, mas agora estava determinada a descobrir o que realmente estava acontecendo e quem estava por trás daquilo.

Uma garota mais baixinha se aproximou da princesa.

— Ah, querida, você precisa de ajuda para se arrumar?

Ela tinha um rosto simpático, penas vermelhas no cabelo e usava um figurino verde horroroso. O figurino da garota tinha muito mais tecido do que a peça que estava nas mãos de Tella, além de ser mais parecido com uma cortina que alguém jogou fora do que com um vestido.

— Eu me chamo Yasmine — disse a garota. — Por acaso alguém já te falou que você é parecida com a Caça-Arcanos?

— Não, mas obrigada. Ouvi dizer que ela é muito linda — respondeu Tella. E tratou de pensar em um nome. — Eu me chamo Daniella. É um prazer enorme te conhecer. Só que acho que me enganei. Não sei se estou no lugar certo.

— Se você veio fazer o teste para o elenco do Caraval, encontrou o lugar certo. Mas, se quiser ser selecionada, vai ter que se apressar e vestir esse figurino. — Yasmine se encolheu toda. — Pelo jeito, te deram os refugos.

— Acho que fui a última a chegar.

Tella tentou falar com um tom alegre, pegou o vestidinho mixuruca e se espremeu dentro daquela combinação vermelha minúscula. Em contato com a pele, o tecido era

surpreendentemente sedoso, e essa era a única coisa que aquela roupinha tinha de bom.

A parte de cima do traje era apertada demais, e a sainha de babados era curta demais. Mal tapava nada, detalhe para o qual Tella poderia até não ter ligado, só que aquele lugar dava a impressão de ser de caráter duvidoso e a deixava com vontade de tapar o corpo inteiro para que nem um pingo da vulgaridade e da sujeira do local ficassem grudados nela.

Tella pensou que bastaria pronunciar as palavras "Na verdade, sou a princesa Caça-Arcanos" para conseguir sair daquele recinto.

Mas duvidava que, se fizesse isso, conseguiria descobrir quem estava por trás de tudo aquilo.

E ela queria descobrir. *Precisava* descobrir. O Caraval era a vida de Lenda. O Caraval era o motivo de Lenda não estar com Tella naquele exato momento. Se um Lenda impostor estava realizando falsos testes para o elenco do Caraval, tentando roubar a identidade dele, Lenda gostaria de saber.

Mas a princesa queria fazer mais do que isso. Queria descobrir quem era o impostor para poder contar ao mestre do Caraval o que estava acontecendo e quem, precisamente, estava por trás daquilo.

*Esse* seria o presente perfeito de Noite Feliz.

— Ah! As penas não são para tapar aí embaixo, não... são para pôr no cabelo.

Yasmine apontou para a própria cabeleira castanho-escura, que estava presa.

Duas das outras garotas deram uma risadinha debochada quando Tella tirou as penas vermelhas do traseiro e as enfiou nos cachos, depois de tê-los prendido em um coque bagunçado bem no alto da cabeça.

— Não faça essa cara de nervosa, você está estonteante! — elogiou Yasmine. — Com esses cachos dourados e esse rostinho lindo, tenho certeza de que não vai ter dificuldade para chamar a atenção de Lenda.

— Só não crie muita expectativa — interveio outra garota. — Ouvi dizer que ninguém consegue ver a cara dele. Também dizem que, quando a gente está no palco, consegue sentir a magia do homem, uma sensação tipo de bolhas de champanhe, por toda a pele. — A garota esfregou os próprios braços e bateu as pestanas de um jeito sedutor.

Tella sentiu uma pontada aguda de ciúme. Tentou se lembrar de que aquela menina não estava falando do verdadeiro Lenda. Porém, a julgar pela expressão encantada das outras garotas, a princesa era a única que sabia disso.

— Só precisamos apertar um pouco mais seu espartilho — sugeriu Yasmine.

Ainda bem que o rapaz de barba preta chegou antes que esta tortura específica pudesse ser praticada.

— Andem em fila, mas não fiquem perto demais umas das outras — ordenou, falando com o desinteresse entediado de quem já tinha repetido essa frase muitas e muitas vezes.

Tella tornou a se perguntar do que, exatamente, aquele impostor estava atrás. O que queria com todas aquelas

garotas? Será que estava tentando prejudicar Lenda? Ou queria lucrar alguma coisa com aquilo?

Tella e as outras garotas saíram do camarim atrás do jovem de barba, voltaram para o corredor mal iluminado, percorreram outro corredor estreito e por fim chegaram a um lugar que parecia os bastidores de um palco.

O chão era de madeira, todo riscado e pintado com uma tinta esverdeada. E dava a impressão de ter o símbolo do Caraval – o sol com uma estrela dentro e uma lágrima dentro da estrela – com um leve brilho dourado, só que a figura estava tapada pela pesada cortina de veludo vermelho, que ia do teto até o chão.

– Vocês vão passar pela cortina e entrar no palco, uma por vez. Quando chegarem ao outro lado da cortina, não falem nada. Fiquem lá paradas até serem dispensadas ou receberem a ordem de fazer algo mais.

– Algo mais tipo o quê? – perguntou uma das garotas, ofegante.

– Tipo algo mais que o Mestre Lenda quiser, seja lá o que for.

Duas das garotas soltaram uma risadinha ao ouvir o nome de Lenda.

– Ouvi dizer que, quando ele realmente gosta de alguém, pede para fazer um teste individual, no reservado – sussurrou outra das meninas, com um tom escandalizado.

Várias meninas riram baixinho, e a conversa enveredou por um caminho que Tella gostaria que não tivesse enveredado.

A princesa sentiu um calor subir pelo pescoço ao ouvir as especulações a respeito do que acontecia naquele tal reservado.

*São só garotas bobas com figurinos bobos repetindo boatos bobos sobre um Lenda falso,* pensou a princesa com seus botões. *O verdadeiro Lenda não está aqui.*

E, mesmo assim, Tella teve que resistir ao ímpeto de arrancar as penas vermelhas de todas aquelas garotas.

Os minutos transcorreram lentamente e, uma por uma, as garotas passaram pela cortina vermelha.

Em algum lugar lá fora, o sino de uma igreja badalou dez vezes.

Tella não se dera conta de que o tempo havia passado tão rápido, só que conhecia muito bem a irmã. Era provável que Scarlett estivesse meio nervosa, mas começaria a se preocupar de verdade apenas depois da meia-noite. Ou seja: a princesa tinha mais duas horas para encontrar o Lenda impostor e voltar para o palácio.

— Você precisa começar a sorrir — sussurrou Yasmine. — Está quase na sua vez de entrar.

Em seguida, Yasmine passou pela cortina.

Tella ficou sozinha. A última a fazer o teste.

O coração da princesa bateu acelerado. Gotas de suor escorreram pela nuca. Não dava para ver o palco do outro lado da cortina vermelho-escura, mas ouviu os saltos dos sapatos de Yasmine batendo no chão e uma voz masculina abafada pedir que a garota se virasse para poder ver seu traseiro.

As bochechas de Tella arderam com uma onda de raiva.

*Não é o verdadeiro Lenda. Não é o verdadeiro Lenda*, pensou repetidamente.

— Sua vez — resmungou o rapaz de barba.

Donatella Dragna cerrou os dentes, respirou fundo, com dificuldade, e então passou por uma fresta na cortina.

# 10

## Certos Lendas são melhores do que outros

O auditório do outro lado da cortina tinha cheiro de fumaça parada e sonhos despedaçados.

Tella disse a si mesma para sorrir. Para causar uma boa impressão. Assim poderia descobrir quem era o impostor.

Mas os lampiões do palco tinham uma luminosidade sobrenatural. Cegaram seus olhos e fizeram sua pele arder, fazendo-a suar ainda mais, empapando o peito. A princesa conseguia enxergar até a beirada do chão verde e opaco do palco, entretanto era muito difícil ver quem estava na plateia.

— Agora vire e mostre o traseiro para a gente.

Era a mesma voz que Tella tinha ouvido havia pouco. Só que, agora que estava do outro lado da cortina, a jovem tinha certeza de que aquela voz era grave e rouca demais para ser de Lenda.

A princesa sentiu um certo alívio por ter certeza de que tinha razão, de que Lenda não estava mesmo por trás daquilo. Mas então o que aquele impostor estava fazendo? O que pretendia? Por quanto tempo andava fingindo ser Lenda? Tella espremeu os olhos, tentando discernir quem se dirigia a ela e ver se havia mais alguém acompanhando o homem.

– O traseiro – repetiu a voz.

– Na verdade... – Em uma atitude ousada, Tella deu um passo à frente, e seus saltos verdes finíssimos bateram no chão todo riscado do palco. – ...só estou aqui para ver Lenda.

Suspiros de assombro se dirigiram à princesa, vindos das garotas paradas do outro lado do palco.

– Tirem essa garota daqui! – ordenou a voz rouca.

– Não. Podem deixar ela aí.

Uma outra voz tomou conta do teatro, suave como seda em contato com a pele nua.

Tella sentiu a própria pele formigar, mas não era a sensação de bolhas de vinho espumante. Aquela sensação era o contrário de leveza, empapou o calor dos lampiões do teatro e tapou seus braços e suas pernas à mostra com cores escuras, em tons de promessas não cumpridas e noites sem luar.

Aquele homem não era Lenda.

Tella só sentiu que o impostor era *alguém*.

— Você deve ser Lenda — comentou a princesa.
— Por acaso falei que você podia abrir a boca?

A voz sinistra do impostor deixara de ser sedosa, mas ainda guardava fortes notas de *magia*.

Tella começou a sentir um medo crescente de que o impostor fosse muito mais sofisticado do que ela havia suposto. A princesa podia até não saber quem aquele homem era, mas dava para sentir que era mágico, e temia que também fosse poderoso.

— Levem a garota para meu reservado — ordenou o impostor.

O rapaz de barba preta saiu de trás da pesada cortina vermelha e segurou Tella pelo braço.

— Pelo jeito, você vai conseguir realizar seu desejo.
— Você está segurando meio forte demais — reclamou a princesa.
— Ah, desculpe, melhorou assim?

O rapaz de barba soltou uma risada de deboche, apertou mais os dedos e arrastou Tella dali, saindo pelas cortinas do palco.

O cotovelo de Donatella Dragna coçava de tanta vontade de se afundar no estômago daquele rapaz, e as pernas estavam desesperadas de tanta vontade de chutar. A princesa precisou se obrigar a recordar que não era uma prisioneira.

Tinha *escolhido* entrar naquela situação.

*Queria* conhecer o Lenda impostor.

Mas, se estava mesmo ali por opção, se realmente não era uma prisioneira, por que aquele rapaz a levava pelo braço apertando tanto?

A princesa ficou tensa quando viu mais dois rapazes esperando atrás do palco, segurando pedaços de corda vermelha e usando máscaras de quebra-nozes* sorridentes tapando seus rostos.

Tella só conseguia ouvir as palavras que a irmã havia dito naquela mesma tarde: "Imagine só que presentaço você poderia ser se um bando de bandidos te encontrasse andando por aí sozinha e resolvesse te raptar e levar para o chefe da gangue".

Tella concluiu que poderia ser uma boa ideia resistir. Girou o corpo, indo para cima do rapaz de barba que a segurava, na esperança de conseguir acertar um soco nele com a mão livre.

Só que os homens de máscara de quebra-nozes foram mais rápidos.

– Me soltem!

A princesa chutou o ar loucamente, e os canalhas seguraram seus pulsos e os amarraram atrás das costas.

– Tenho amigos poderosos e, se não me soltarem, todos vocês vão morrer!

– Mas, *alteza*, pensei que a senhorita queria conhecer Lenda – declarou um dos quebra-nozes.

O rapaz de barba deu risada e sorriu em seguida, um sorriso de tubarão. Segurava um pedaço de tecido vermelho, que amarrou em volta dos olhos de Tella.

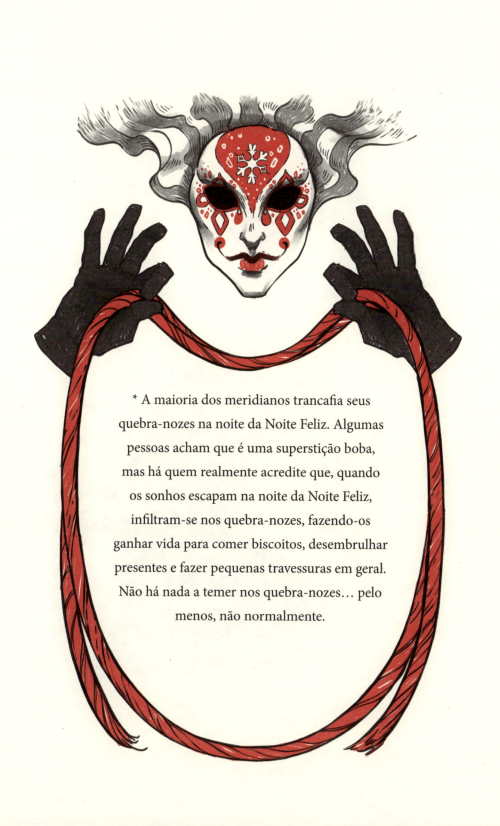

\* A maioria dos meridianos trancafia seus quebra-nozes na noite da Noite Feliz. Algumas pessoas acham que é uma superstição boba, mas há quem realmente acredite que, quando os sonhos escapam na noite da Noite Feliz, infiltram-se nos quebra-nozes, fazendo-os ganhar vida para comer biscoitos, desembrulhar presentes e fazer pequenas travessuras em geral. Não há nada a temer nos quebra-nozes… pelo menos, não normalmente.

## 11
## O presente de Noite Feliz perfeito

Me soltem! – Uma lufada de ar gelado rodopiou pelos bastidores do palco, e Tella chutou o ar, tentando se libertar. – Vocês me confundiram com outra pessoa...

Sua súplica foi interrompida porque amarraram uma mordaça sobre sua boca. A princesa não parou de se debater e recordou que já tinha estado em situações piores do que aquela. Tinha morrido. Uma morte que não durou muito

tempo. Entretanto, ainda assim, tinha sido uma morte, e Tella voltara à vida. Sairia daquela situação também.

Se aqueles bandidos quisessem só um resgate, a irmã pagaria de bom grado.

Mas Tella não queria que a irmã descobrisse o que estava acontecendo. Gostaria, mais do que qualquer coisa, de fugir dali com as próprias pernas, sem o envolvimento de Scarlett, de Lenda e, de preferência, sem que nenhum tabloide ficasse sabendo de seu comportamento um tanto inconsequente.

Não queria estragar a festa da irmã nem ficar algemada aos guardas do palácio pelo resto da vida.

E não queria *mesmo* que Lenda aparecesse para salvar sua pele.

Quer dizer, em parte, queria.

O mestre do Caraval ficava deveras garboso quando estava bravo, e a princesa conseguia imaginá-lo arrombando a porta e entrando ali feito uma tempestade para salvá-la. Ele pegaria Tella no colo com seus braços fortes e a carregaria pela neve, abraçando-a bem apertado.

Só que, aí, o mais novo inimigo da princesa – o medo – tornou a se insinuar. Tella imaginou que, logo depois de salvar sua pele, Lenda poderia ficar bravo e se convencer de que o fato de ter sido sequestrada era mais uma razão para a imortalidade ser mais importante do que o amor. Ser imortal possibilitava sempre ser capaz de proteger as pessoas queridas, mesmo que isso também significasse gostar um pouco menos dessas pessoas, porque um imortal nunca consegue amar de verdade.

Tella não podia permitir que isso acontecesse.

Não podia correr o risco de ver Lenda se desapaixonar por ela. Ou seja: não só tinha que fugir dali, como tinha que pôr em prática o plano original. Tinha que descobrir quem estava por trás daquilo tudo e entregar o impostor para Lenda.

Donatella Dragna tinha a sensação de que aquilo não era mais um simples presente de Noite Feliz. Tinha a sensação de que era algo que precisava fazer com uma necessidade desesperadora. Não podia permitir que arruinassem o nome de Lenda nem a reputação que ele havia construído nem a magia do Caraval.

Tella se obrigou a parar de se debater. Em vez de tentar fugir, ficou prestando atenção, vendo por onde os homens a levavam enquanto percorria o corredor. Era difícil, com aquela venda. A princesa não conseguia enxergar nada. Mas, agora que estava caminhando e não chutando o ar com toda a violência, sentia uma diferença no chão. A madeira fora substituída por um tapete macio e felpudo. Conseguia sentir os saltos finíssimos afundando nele a cada passo que dava.

O ar também havia mudado. Estava mais frio e tinha cheiro de cravo doce e de canela.

Ouviu uma maçaneta girar e, um segundo depois, o homem que a segurava mudou a mão de posição. Soltou o braço da princesa, encostou a mão nas costas dela e a empurrou para a frente.

A porta se fechou com um estrondo atrás de Tella.

Ela tentou gritar por socorro, mas a mordaça permitiu apenas que soltasse alguns ruídos patéticos. As cordas que prendiam as mãos da princesa estavam tão apertadas que ela não conseguiria se soltar. Talvez, quem sabe, conseguisse se livrar da venda...

Tella encostou as costas na porta e se curvou. Ergueu a cabeça e ficou passando na madeira, em uma tentativa de deslocar a venda. Mexendo os ombros daquele jeito, imaginou que devia estar parecendo um gato.

Uma risada grave ecoou pelo recinto, gelada e sinistra, e a princesa reconheceu imediatamente o som inebriante.

Cada centímetro do corpo de Tella formigava de magia, uma magia sombria e perigosa, que dava a sensação de ter a chama de uma vela passando pela pele, pronta para queimar, caso se demorasse demais.

A princesa ficou petrificada, encostada na porta com as costas arqueadas, a cabeça para trás, a respiração ofegante de uma hora para a outra. Quando entrou, a porta atrás dela estava fria. Mas, de repente, Tella sentia calor por todo o corpo.

As bochechas ficaram coradas porque ela imaginou a própria aparência aos olhos do sequestrador, toda amarrada e vestindo aqueles trapinhos em verde e vermelho cintilantes.

Tinham entregado Tella para aquele homem como se ela fosse um presente de Noite Feliz.

## 12

## O impostor

O sequestrador deu um passo à frente. Pelo ruído que seus pés fizeram ao bater no chão, os passos eram pesados.

Tella sentiu uma palpitação de nervosismo no peito. Continuava sem conseguir enxergá-lo. Tudo era escuridão por baixo da venda. Mas conseguia, sabe-se lá como, sentir a sombra comprida daquele homem caindo sobre ela, cobrindo-a com a mesma espécie de magia obscura que havia empregado no auditório.

Donatella Dragna sabia como resistir para não cair no feitiço da magia. Lenda havia lhe ensinado vários truques.

Só que, naquela hora, sentiu o toque quente das juntas dos dedos do sequestrador encostarem em seu rosto. Roçaram, confiantes, seu maxilar, e todos os pensamentos que havia na cabeça da princesa se transformaram em uma lacuna.

– Disseram que você queria me ver.

A voz grave do homem estava cheia de deboche.

– Não consigo te enxergar com esta venda – respondeu Tella, azeda.

Pelo menos, foi isso que tentou dizer. Saiu mais parecido com um *hmmfigoinmmmxrgrrrrsssvvvvvddd* quando ela tentou falar, já que estava com a boca tapada pela mordaça.

– Que foi?

Os dedos hábeis do sequestrador encostaram nos lábios da princesa. Ela sentiu a pressão por cima da mordaça. Com gestos vagarosos e deliberados, o homem acompanhou os contornos da boca de Tella com os dedos.

Em seguida, sentiu a outra mão do sequestrador enlaçar sua cintura, em uma atitude ousada, e ficar mexendo na barra do espartilho.

– Quer que eu tire isso? – murmurou ele.

Tella ficou petrificada. Não sabia se o homem estava falando da mordaça ou do espartilho. Com certeza não estava falando da venda. E a princesa tinha uma consciência quase dolorosa de que aquela mão estava na barra do espartilho.

O homem puxou com os dedos as fitas que amarravam a peça.

*Afaste-se*, Tella disse a si mesma. Mas não tinha para onde ir. Estava com as costas grudadas na porta, e os dedos

daquele homem infiltravam-se por baixo do espartilho, espalhando faíscas perigosas pela sua pele.

Ela fez que não, sinalizando para o sequestrador que gostaria que ele tirasse a venda, não o espartilho.

– Tem certeza?

O homem acariciou a barriga da princesa, uma única vez. Tella soltou um suspiro de assombro.

Ele deu uma risadinha. Afastou-se em seguida, de um jeito brusco. Segundos depois, pôs as duas mãos em volta da nuca de Tella e desamarrou a mordaça sem a menor dificuldade.

O tecido caiu de seus lábios.

– Melhorou? – perguntou o sequestrador.

– Eu acharia melhor ainda se você também tirasse a venda.

— Por acaso acha que deixo qualquer um ver quem eu sou?

Tella sentiu o homem se inclinar e então roçar sua orelha com os lábios.

— Acho que você não é o verdadeiro Lenda — provocou a princesa.

Ou, pelo menos, tentou falar em tom de provocação. Sua voz pode ter tremido um pouco quando ela sentiu os dentes do homem mordiscarem de leve o lóbulo de sua orelha.

O estômago de Tella roncou.

— Estou apaixonada por outra pessoa — disparou ela.

— Acho que posso fazer você mudar de ideia.

Os lábios macios do sequestrador se dirigiram mais para baixo, acompanhando o maxilar.

A respiração da princesa ficou rasa. Como ainda estava com as mãos amarradas, não podia fazer muita coisa — a não ser tentar mordê-lo. *Cléc.*

O homem deu risada e afastou os lábios traiçoeiros.

— Você é muito engraçadinha. — Ele, então, encostou rapidamente o dedo no meio dos lábios de Tella, em um gesto que deu a impressão de imitar um beijo rápido. — Mas, se uma garota quer que eu tire a venda, precisa ser mais do que charmosinha.

— Então você traz muitas garotas vendadas aqui? — perguntou a princesa, com um tom ríspido.

— Você quer mesmo falar de outras garotas neste exato momento? — ronronou o sequestrador.

Tella ainda estava sentindo a magia daquele homem.

Uma magia que se movimentava pela sua pele, formando minúsculos fogos de artifício que se intensificaram quando ele colocou a mão na curva de seus quadris.

– O que você pensa que está fazendo? – perguntou a princesa, em um suspiro.

– Pensei que abrir presentes fosse parte da tradição...

O homem pôs a mão mais para baixo.

Tella soltou um suspiro e foi para o lado.

– Você é bem espertinha.

O sequestrador segurou as fitas do espartilho, rodopiou a princesa e a puxou para perto de si.

Suas costas bateram no peito dele.

Aquele homem tinha um cheiro delicioso. De noites frias com pitadas de árvore e de chuva.

Não que Tella tenha respirado fundo para sentir o perfume dele. *Não muito.*

A princesa tentou se desvencilhar, mas um dos braços do sequestrador a envolveu pelo tronco, prendendo-a bem rente a ele. A camisa que o homem usava encostou em alguns pontos da pele da jovem, e era macia. Não que Tella tenha, intencionalmente, se aninhado no sequestrador. Aquele homem a abraçava com tanta força que era impossível não sentir seu peito, os braços e a mão que se enroscava nos cabelos dela.

– O que você pensa que está fazendo?

O sequestrador movimentou os dedos nos cachos da princesa. Tella sentiu que ele estava tirando as penas e os grampos, até que os cachos caíram pelas suas costas feito uma cascata.

— Bem melhor — murmurou ele.

— Não te dei permissão para fazer isso.

— Acho que você não entendeu direito como funciona ser sequestrada, meu amor. Você não precisa me dar permissão para nada.

O homem, então, passou os dedos dobrados no rosto dela, depois colocou a mão na nuca e apertou a venda.

— O que preciso fazer para te convencer a tirar a venda? — perguntou Tella.

Ele soltou um ruído sinistro demais para ser chamado de risada.

— Se quer que eu tire, terá que merecer.

— Como?

— Vou te dar uma chance para adivinhar.

A princesa tentou pensar. Era difícil, enroscada daquele jeito nos braços do sequestrador. Mas, quando por fim se obrigou a esvaziar os pensamentos, não precisou pensar tanto assim. Se o Lendário Mestre do Caraval a tivesse sequestrado, saberia exatamente o que ele iria querer.

— Quer fazer um joguinho?

— Se você ganhar, tiro a venda.

— E vai me desamarrar também — completou Tella.

— Isso não faz parte do trato.

— Ainda não fechamos nosso trato.

— Você tem sorte de eu querer fazer um trato com você, para começo de conversa.

— Você não pode me deixar aqui, amarrada — protestou a princesa.

— Dada nossa atual situação, acho que posso fazer o que eu quiser com você.

Dito isso, o homem colocou uma das mãos na perna de Tella.

Ela deixou escapar um ruído suave e nervoso dos lábios.

— Contudo — completou ele, agora com um tom de brincadeira —, já que é quase Noite Feliz, se você ganhar, prometo te desamarrar. Mas, se perder, você vai continuar amarrada, e com a venda. Acho que uma princesa cativa daria uma ótima atração para o Caraval, você não acha?

— Ah, não — respondeu Tella. — Acho que você está enganado. Não sou uma princesa de verdade.

Isso lhe rendeu mais uma risada grave.

— Se você não é uma princesa de fato, então eu não sou o verdadeiro Lenda.

O sequestrador disse isso com a boca encostada no rosto da princesa, os lábios roçando a pele delicada, ao passo que a mão que estava na perna dela...

Uma batida forte sacudiu a porta.

— Mestre, mestre! — gritou uma voz desconhecida.

O homem soltou um ruído irritado.

— Acho bom ser algo importante — resmungou ele.

— Acho que é algo que o senhor vai querer ver — respondeu a voz.

— Que azar o nosso. — O sequestrador encostou os lábios no rosto de Tella e lhe deu um beijinho rápido. — Vejo você amanhã, princesa.

# 13

## Feliz noite da Noite Feliz para todos (menos para Donatella)

O coração de Tella bateu mais forte quando o vilão a soltou. O calor das mãos, dos lábios e do corpo dele desapareceram, tudo no transcorrer de um segundo.

Subitamente, o cômodo onde aquele homem a mantinha prisioneira ficou frio e silencioso, tirando de seus ouvidos o zumbido causado pelo sangue que fervia.

Ele a abandonara.

Não era preciso enxergar para saber que aquele homem havia ido embora. A magia que pressionava sua pele tinha desaparecido. Tella só conseguia sentir frio e solidão.

– Canalha!

Ele não podia deixá-la ali, amarrada e vendada, até o dia seguinte.

É claro que Tella sabia que estava enganada.

Aquele homem a tinha aprisionado na noite da Noite Feliz. E, ao repassar os acontecimentos daquele dia, a princesa se deu conta de que era claro que ele se dera a algum trabalho para fazer isso. E, sim, sem dúvida, a manteria amarrada e vendada por todo o tempo que desejasse.

– Volte aqui e me desamarre, seu canalha! – gritou Tella. – Como é que vou...

Ela parou de falar. Não queria gritar o resto da frase.

Em vez disso, ficou batendo na porta com o ombro.

Enquanto Donatella continuava dando uma surra no próprio ombro mal-afortunado, um relógio ao longe deu doze badaladas, anunciando a noite da Noite Feliz com o alegre som dos sinos.

*Blém-blóm.*
*Blém-blóm.*
*Blém-blóm.*
*Blém-blóm.*
*Blém-blóm.*
*Blém-blóm.*
*Blém-blóm.*
*Blém-blóm.*

*Blém-blóm.*
*Blém-blóm.*
*Blém-blóm.*
*Blém-blóm.*
O coração de todos na cidade ficou mais feliz e leve, cheio de expectativa, quando a última badalada soou. O globo de neve se inclinou e sacudiu para frente e para trás, lançando no ar arabescos de lindos flocos de neve cintilantes que entraram de fininho pelas portas e janelas entreabertas, transformando bocas adormecidas em sorrisos letárgicos, porque as pessoas, que estavam em suas camas, foram delicadamente embaladas.

Era o início mágico de um dia mágico para todos. Menos para Donatella Dragna, que perdeu o equilíbrio e caiu no chão quando o globo de neve se inclinou.

## 14

# No amor e no sequestro, vale tudo

O sequestrador de Donatella havia deixado bem claro que ninguém deveria incomodá-lo.

Não é tão difícil assim sequestrar uma pessoa. A maioria anda pela rua sem prestar a menor atenção no ambiente que a cerca, como se quisesse ser arrancada de sua vidinha comum.

Só que, simplesmente, Donatella Dragna não era qualquer pessoa, e sua vida estava longe de ser comum. Ela podia até ter dito de brincadeira que queria ser sequestrada,

mas brigaria feito um malfeitor se realmente pensasse que alguém estava tentando levá-la ou controlá-la.

Para aquele sequestro dar certo, teria que ser executado à perfeição. Naquele exato momento, o sequestrador conseguia ouvir a princesa no final do corredor, brigando com a porta. Ela causaria um estrago em si mesma antes de causar qualquer dano à madeira. O homem imaginava que isso não a impediria de tentar fugir.

— Tomara que seja importante — urrou, dirigindo-se ao artista que o havia chamado.

— Não sei se eu empregaria a palavra "importante"... mas acho, sim, que o senhor vai achar interessante.

O artista mostrou um livreto do tamanho de uma mão, com capa de tecido e letras douradas.

— Yasmine encontrou isso nas coisas da princesa.

O sequestrador de Tella viu a lombada gasta e a capa amassada, deixando bem evidente que era algo que a princesa havia lido várias vezes.

Folheou rapidamente as páginas, surpreso e um tanto perturbado com o conteúdo.

— Yasmine tem certeza de que *isto* estava nas coisas da princesa?

O artista fez que sim.

O sequestrador de Donatella fechou o livro. Se tivesse encontrado aquele livreto em outras circunstâncias, teria simplesmente atirado aquela coisa no fogo.

Mas, considerando a atual situação, aquilo era algo que lhe poderia ser útil.

## 15

### Por acaso isso quer dizer que não vou ganhar nem um biscoitinho?

Tella desistiu de bater na porta com o ombro depois que caiu de bunda no chão, fazendo o maior estrondo.

Seu minúsculo figurino não ajudou em nada a amortecer a queda. O resultado era que, além de amarrada e vendada, estava dolorida. Só que, pelo menos, o chão de sua cela era lisinho, feito madeira polida. Um pouco duro, mas, quando encostou, teve a impressão de que estava limpo. Ainda bem.

A princesa ficou se perguntando por quanto tempo o sequestrador pretendia deixá-la ali. Tinha a sensação de que havia passado uma hora, talvez duas.

— Será que, pelo menos, podem me dar alguma coisa para comer? — gritou, ainda caída no chão. — Uns biscoitinhos de flocos de neve ou uma tacinha de chocolate quente? Sequestradores também comemoram a Noite Feliz, com certeza!

— Você não entende mesmo como funciona ser sequestrada, não é?

As entranhas de Tella deram uma cambalhota ao ouvir o som da voz sombria do sequestrador.

Ele estava de volta.

Por onde tinha entrado? Óbvio que não tinha sido pela porta, já que Tella continuava encostada nela. Seria possível que tivesse se materializado? Será que possuía *tamanha* magia?

A princesa gostaria de ver onde o homem estava. Tinha a impressão de que a voz grave vinha de mais longe do que antes. Mas isso poderia ser, simplesmente, fruto de mais uma dose de magia pregando peças nela. O sequestrador poderia estar bem na frente de Tella, olhando para ela com olhos sombrios e indecifráveis.

Donatella Dragna se empertigou e ergueu o queixo em uma expressão imperiosa. Podia até estar em uma posição indefesa, mas isso não queria dizer que precisava agir como tal.

— Por acaso isso quer dizer que não vou ganhar nem um biscoitinho? – perguntou.

— Quem sabe, se você se comportar. – O tom de voz do homem ficou bem-humorado. – Por ora, tenho uma outra coisinha para você.

— Você me trouxe um presente de Noite Feliz?

— Depende da sua definição de "presente".

Tella ouviu os passos do sequestrador se afastando, indo em direção – assim imaginou – ao outro lado do recinto. Supunha que ele a tinha trancado em um quartinho ou cela. Mas, pelo número de passos que o homem deu, teve a impressão de que o cômodo, na verdade, era bem maior.

— Meus artistas encontraram um livretinho interessante no meio das suas coisas.

As palavras foram seguidas pelo leve farfalhar do papel sendo folheado.

A princesa ficou com o estômago embrulhado.

— Ah, não.

Sabia exatamente o que o homem havia encontrado.

Antes que tivesse tempo de protestar e dizer que o livreto não era dela ou fingir uma morte súbita, ouviu a voz debochada do sequestrador ler as seguintes palavras:

— *Como não perder o amor da sua vida*, de Pandora Malamada. Conselhos para garantir uma vida amorosa feliz!

Tella sentiu o rosto perder a cor.

Por alguns instantes, reconsiderou a possibilidade de fingir que estava morta.

— Não leia isso — suplicou.

— Por que não? Era a única coisa que você tinha no bolso. É claro que é importante para você.

— Não é, não! — declarou Tella com um gritinho, levantando-se de supetão. O que não foi nada fácil, dado que ainda estava com os pulsos amarrados atrás das costas.

Só que a princesa precisava ficar de pé. Precisava chegar perto daquele homem, pegar o livro e atirá-lo no fogo.

Ela sentiu que talvez houvesse algum fogo aceso naquele cômodo, porque fez um calor forte e repentino lá dentro.

Então ela ouviu mais um folhear de páginas. A princesa imaginou que o sequestrador tinha aberto o livreto e estava lendo o sumário.

O pânico tomou conta de seu peito.

— Para algo que não é importante para você, até que você o leu várias vezes — comentou o homem. — Até desenhou estrelinhas perto do título de alguns capítulos.

— Não fui eu — mentiu Tella. — O livro veio assim!

Mais uma vez, a princesa desejou desesperadamente não estar mais com aquela maldita venda.

Queria ver a cara do sequestrador, interpretar suas expressões, ter alguma ideia do que aquele homem estava pensando enquanto virava as páginas daquele livrinho que ela, feito uma tola, levava no bolso para cima e para baixo.

Tella deu um passo trôpego para a frente. Como o homem ficara em silêncio, não fazia ideia de onde o sequestrador estava. E, apesar disso... *sentiu* que tornara a

olhar para ela. Tudo começou com uma minúscula faísca que foi, lentamente, se tornando algo mais quente.

– Responda, princesa – ele falou baixo –, quanto tempo faz que está com medo de perder o amor da sua vida?

Donatella Dragna sentiu o olhar do homem ficar mais intenso, como se não estivesse apenas olhando para ela, mas tentando vê-la por dentro. Tentando ler os pensamentos que rodopiavam, frenéticos, em sua cabeça.

Uma gota de suor escorreu pela nuca de Tella.

– Ganhei este livreto de presente – mentiu a princesa.

– Quem lhe deu não deve gostar muito de você. Os conselhos deste livro são péssimos. Vamos dar uma olhada neste capítulo que você marcou com uma estrelinha no sumário...

Tella correu para a frente, mal se equilibrando no salto alto.

– Não leia isso! – gritou.

O que foi, precisamente, a coisa errada a dizer.

Todo mundo sabe que muita gente, infelizmente, não gosta de ler. E que, assim que alguém manda não ler algo, a pessoa fica, de repente, com uma curiosidade furiosa. Coisa que valia para o sequestrador de Tella.

Pelo tom de irritação de sua voz, era óbvio que ele não gostava daquele livro, só que isso não o impediu de ler em voz alta.

– "A Noite Feliz pode consolidar ou destruir um relacionamento. O que você ganha de presente do seu amor

(ou deixa de ganhar) pode lhe revelar tudo o que você precisa saber a respeito de seu relacionamento e de quais são os verdadeiros sentimentos que seu amor tem por você. Portanto, se você encontrou o amor de sua vida e deseja continuar com ele, precisa comprar o presente perfeito. Um presente que o faça se sentir amado, conhecido e importante. Contudo, se não conseguir encontrar o presente perfeito, nem tudo está necessariamente perdido. Recomendo gastar mais dinheiro do que você tem condição de gastar. Dessa maneira, mesmo que seu amor não ame o presente, pelo menos vai saber o quanto você o ama, pela quantia que se dispôs a desembolsar."

– Pare... por favor...

As pernas de Tella bateram com força em alguma coisa.

– Ui...

Ela começou a cambalear.

O braço do sequestrador enlaçou a cintura da princesa, e os pés dela foram levantados do chão.

Tella se debateu – pelo menos tentou. Com os braços ainda amarrados atrás das costas, não tinha como se segurar em nada.

Segundos depois, o homem colocou a princesa no *colo*.

O recinto – que já estava quente – pegou fogo de repente. O sequestrador ajeitou Donatella no colo, de modo a ficarem de frente um para o outro, as pernas dela posicionadas ao redor dele.

Ela tentou se desvencilhar.

O braço do homem apertou ainda mais sua cintura.

– Você não tem para onde ir, meu amor.

– Você não tem o direito de me chamar de "meu amor" – protestou.

O homem soltou uma meia risada.

– Por que não? De acordo com o título deste livro, ao que tudo indica, você anda com dificuldade de manter seu "amor" atual.

– Este livro é um lixo!

– Então por que tem partes sublinhadas? Tipo: "Se está em dúvida se ele te ama ou não, ele não te ama. Se realmente te amasse, você não teria dúvidas". Você acredita nisso?

*Sim! Não! Talvez!*, pensou Tella. Mas não estava disposta a dizer nenhuma dessas coisas com todas as letras.

– Não sou obrigada a responder.

– É mesmo muito fofo de sua parte achar que ainda tem algum poder neste exato momento.

O sequestrador colocou a mão no quadril de Tella e, em seguida, o vilão passou os dedos por baixo da saia e acariciou a pele dela, descaradamente.

A princesa tentou fugir com um movimento rápido. É isso que alguém que está em poder de um sequestrador faria. Mas a mão que acariciava sua perna era macia, quente e possessiva, de um jeito que não deveria ser tão bom quanto era.

Por um segundo, a princesa se deixou levar.

Tendo em vista todas as dúvidas que andava tendo e todas as carícias das quais andava sentindo falta, *aquela* era exatamente a sensação que procurava. Uma sensação meio de cair, apesar de aquele homem a segurar com força.

Quando Tella deu por si, a mão que estava na cintura tinha subido pelas suas costas e voltara a se enroscar em seus cabelos. A princesa sentiu os dedos do sequestrador fazendo cafuné em seus cachos, e ele começou a puxá-la mais para perto.

Tella imaginou os lábios daquele homem.

Sabia que estavam bem próximos.

Próximos demais.

O coração da princesa bateu acelerado. O sangue ferveu. Os lábios se entreabriram.

— Acho melhor você me soltar — declarou, em um sussurro.

— Foi você quem se atirou no meu colo.

O homem roçou os lábios nos lábios de Tella.

A cabeça, o mundo, tudo girou.

Nem foi um beijo de verdade, e a princesa já se derreteu toda. Se aquele homem encostasse em seus lábios de novo, teria que mantê-la amarrada, porque ela não ia conseguir se segurar e, aí, perderia o joguinho que os dois estavam disputando — disso Tella tinha certeza.

— Você precisa me desamarrar — declarou. — Só vou te beijar se você soltar minhas mãos.

— Azar o seu.

O homem beijou o maxilar da jovem com delicadeza.

– O que você acha que está fazendo? – perguntou ela, com um suspiro de assombro.

O sequestrador inclinou a cabeça de Tella para o lado e a beijou no pescoço.

– Você disse que não vai me beijar. Não falou que eu não posso te beijar.

O homem, então, roçou os dentes na veia do pescoço da princesa.

Tella ficou toda arrepiada.

Em seguida, ele a beijou de novo, pressionando os lábios no vão sensível do pescoço. E ele continuou descendo, descendo, descendo, dando um beijo atrás do outro na pele de Donatella.

Ela tentou não suspirar nem gemer nem implorar para aquele homem nunca mais parar de beijá-la, mas – ai – ele mandava tão bem com a boca.

– Tem certeza de que não quer me beijar também? – sussurrou ele.

– Não beijo sequestradores.

– Apenas deixa que eles te beijem?

A princesa sentiu os lábios do homem irem mais para baixo, até ficarem logo acima do decote pronunciado do figurino. E, por um segundo, Tella esqueceu por que estava resistindo a tudo aquilo. Não conseguia se lembrar de nada. Se alguém tivesse lhe perguntado seu nome, teria respondido que era Beijo, Carícia ou Mãos Dele – que estavam

fazendo coisas que ela, dada a situação, provavelmente não deveria permitir que ele fizesse.

*Sequestrador. Sequestrada*, recordou Tella. Mas essas palavras estavam começando a ganhar um significado bem diferente.

Então sentiu os dedos hábeis do homem na parte de cima do espartilho, puxando a fita que o amarrava.

— E o joguinho? — perguntou ela, com um gritinho.

— Talvez isso faça parte...

— Faz?

— Até poderia.

O sequestrador ficou mexendo na fita do espartilho. Tella sentia as pontas dos dedos dele pairando em sua pele, logo acima. Depois, ele a puxou mais para perto, até ela sentir o sabor dos lábios do homem roçando em sua boca.

— Se me beijar, eu te desamarro.

— Se me desamarrar, eu te beijo.

— Prontinho.

Ele arrancou a corda dos pulsos de Tella. Depois sequestrou sua boca com os lábios. O homem a beijou do mesmo modo que a tinha sequestrado: de um jeito impiedoso e possessivo, como se não tivesse a menor intenção de soltá-la.

E, naquele momento de delírio, Tella não queria que ele a soltasse. Queria continuar sendo refém daquele homem para sempre, desde que aquele fosse o método de tortura escolhido pelo sequestrador.

    A princesa entreabriu os lábios e a língua do homem se infiltrou entre eles. Em seguida, o sequestrador começou a soltar a fita que amarrava a parte de cima do espartilho.

    Era para ter ficado mais fácil de respirar, porém Donatella mal se lembrava de como fazer isso. A única coisa que sabia fazer era encontrar os lábios daquele homem na escuridão. Por um segundo de nervosismo, teve um pensamento súbito: com a venda ainda tapando seus olhos, não podia ter cem por cento de certeza de quem era aquela boca que beijava a sua, de quem eram aqueles dentes que seguravam seu lábio inferior, puxando e mordiscando delicadamente.

Seus dedos da mão sentiam o cabelo sedoso da nuca do homem. Tella pensou que, pelo tato, era igual ao cabelo de Lenda. Ele beijava igual a Lenda. *Mas e se não fosse o verdadeiro Lenda?*

Ele estava mordiscando mais do que Lenda costumava fazer.

O coração de Tella acelerou ainda mais. E se tivesse se enganado a respeito do joguinho que estavam disputando?

Colocou a mão no tecido amarrado em seus olhos e o tirou com um puxão firme.

Abriu os olhos…

Ela sabia que o sequestrador estava ali. Continuava sentada no colo do homem.
Sentia o peito dele encostado ao seu.
Mas os lábios do homem não a beijavam mais.

O homem disse isso com a voz rouca. Não com a voz aveludada e mágica. Soava dura e estranha aos ouvidos de Tella quando ele a pegou pela cintura, a tirou do colo e a colocou de volta no chão.

A princesa sentiu um maremoto de pânico.

Será que havia cometido um erro terrível? Será que realmente tinha se enganado a respeito dele? E se aquele homem não fosse quem ela estava pensando e tivesse usado sua magia para enganá-la? Este último pensamento a deixou com ânsia de vômito.

– Cadê você? – perguntou Tella.

Ele não respondeu.

A princesa não conseguia mais ouvi-lo. Não conseguia mais senti-lo. Não conseguia mais ter a sensação de que o olhar do sequestrador estava vidrado nela. Então se levantou e se virou no escuro.

Gritou outras perguntas. Mas o homem não respondeu nenhuma delas.

Tinha ido embora.

Ela estava sozinha.

No escuro.

– Feliz Noite Feliz para mim – sussurrou.

## 16
## A única noite do ano
## em que os sonhos escapam

D onatella Dragna não tinha a intenção de pegar no sono. Tinha a intenção de escapar daquela prisão escura e, em seguida, encontrar quem a tinha sequestrado e a deixado completamente sozinha em plena noite da Noite Feliz.

Mas, apesar de alguns boatos em contrário, Tella era muito humana. E estava exausta. Mesmo que se esforçasse ao máximo, não conseguiria ficar acordada a noite toda. Tinha sido dopada e sequestrada.

A princesa não conseguia parar de repassar em sua cabeça aquele beijo, nem as palavras ríspidas que o sequestrador havia dito quando ela tirou a venda.

"Você não deveria ter feito isso."

Por que o homem tinha dito isso?

O que quis dizer?

O que, precisamente, Donatella tinha feito de errado?

Ela tentou se apegar à ideia de que aquilo tudo era apenas um jogo, mas e se não fosse? E se realmente tivesse sido sequestrada por um impostor e não pelo verdadeiro Lenda?

Enquanto dormia, Tella ficou torcendo para que o verdadeiro Lenda a visitasse em sonho. Mas ninguém sonha na noite da Noite Feliz. É o único dia do ano em que os sonhos escapam. Dizem que ficam brincando em cima dos telhados, dançando nas chaminés e tomando chá com os amigos em cima das telhas. Se, na noite da Noite Feliz, você acordar ouvindo um barulhinho vindo do alto, não se preocupe. Não é nada nefasto, são apenas sonhos se divertindo.

Afinal de contas, a noite da Noite Feliz não foi feita só para os humanos.

# 17

## Tome uma gemada, vai melhorar

O tempo passou do jeito que o tempo sempre passa nas Noites Felizes. De início, transcorreu tão lentamente que chegava a ser absurdo, até parecia que aquele dia jamais iria chegar. E aí, de repente, as horas passaram voando, feito minutos.

O pôr do sol mais parecia uma porção de bengalas de açúcar derretidas.

O céu acima do Castelo do Quebra-Nozes era um redemoinho de vermelho, rosa e branco. Ao passo que, do lado de dentro, tudo tinha cores vivas e alegres, alegres e vivas.

O baile de Noite Feliz de Scarlett parecia aquele tipo de festa que as crianças imaginam que irão vivenciar quando ficarem adultas.

Todos os convidados estavam muito bem-arrumados, com trajes requintados e vestidos de Noite Feliz. Muitas gravatas vermelhas, luvas longas e brancas, vestidos de cauda cintilantes ou forrados de pele e casacas de lapela de veludo, de todo tipo de cor alegre.

O Feliz Salão de Baile da Noite Feliz estava banhado por uma luz que poderia muito bem ser magia de fato. Velas vermelhas e compridas estavam dispostas em cima das mesas de banquete e nos lustres, mas parecia que não queimavam. Não se viam pingos de cera nem nuvens de fumaça, só uma luz de aroma adocicado que fazia tudo cintilar.

Partes do salão de baile tinham gosto de bala de menta gelada; e outras, de biscoitos de gengibre. Tudo era quente, delicioso e levemente inebriante. Os convidados estavam bêbados de risadas, de sorrisos e da alegre sensação de não ter absolutamente nenhuma preocupação na vida.

Preocupações e temores eram proibidos no salão de baile, *muito obrigada*.

Alegria, maravilhamento e paz eram servidos em taças de cristal transparentes com hastes de listras vermelhas e brancas.

Veneno, o mestre das poções do palácio, supervisionava as tigelas de ponche. Seus dedos reluziam de tantos anéis, e o Arcano enfeitava os drinques com galhinhos de

pinheiro de Noite Feliz, bonecos de biscoito de gengibre, bengalas de açúcar e *marshmallows* em forma de flocos de neve que – segundo a promessa de Veneno – eram capazes de realizar alguns desejos de menor importância.

Além do Arcano, entre os convidados estavam alguns artistas da trupe de Lenda.

Jovan estava logo na entrada, perto da porta, sentada em uma rena com chifres enfeitados de fitas vermelhas. De acordo com as fitas penduradas no pescoço da rena, seu nome era Harmonia, e, para a decepção de muitas das crianças, a rena Harmonia não falava.

Mas Jovan mais do que compensava essa falha, desejando todo tipo de coisa a cada um que entrava:

"Que a sua Noite Feliz seja muito reconfortante!", declarava para algumas pessoas.

"Que você descubra novos sonhos e que eles se tornem realidade!", dizia para outras.

"Que sua noite seja repleta de surpresas!"

"Que você receba muito amor!"

"Que você encontre algo escondido e maravilhoso!"

E, para as pessoas esperançosas que optaram por acreditar, todos os desejos de Jovan se tornaram realidade.

Em meio aos convidados finamente vestidos, havia várias pessoas de cartola.

Aiko era uma delas: usava uma cartola vermelha e um elegante traje branco, com sapatos vermelhos de salto alto e laços na ponta.

Tomou lugar dentro de um trenó perto do meio do salão, linda e pitoresca, passando um pincel molhado de vermelho em folhas de papel branco.

A historiógrafa cantarolava enquanto pintava, e as pessoas em volta dela se balançavam no ritmo da música. E sorriam quando ela lhes entregava seus desenhos. Alguns desses desenhos foram entregues a adultos, que acharam que eram apenas lembrancinhas fofas da festa. Mas todas as crianças, pelo jeito, sabiam que eram muito mais do que isso.

– São desenhos do futuro? – perguntavam.

– Poderiam ser – respondia Aiko com um ar astuto e travesso, dando um sorriso no mesmo tom.

E, em seguida, as crianças saíam correndo, procurando coisas como gatinhos brancos feito leite, docinhos deliciosos, presentes escondidos e amizades que durariam por toda a vida.

Scarlett sorria, tentando assimilar tudo aquilo. Era exatamente como tinha sonhado.

E um convidado conseguira superar todos os seus sonhos.

Todos na festa estavam lindos, mas, aos olhos da imperatriz, Julian Santos era o mais garboso de todos.

Normalmente, Julian se vestia como o pirata mequetrefe que Scarlett conhecera na ilha de Trisda. Porém, naquela noite, parecia um perfeito cavalheiro, todo bonitão em sua casaca de veludo verde-escuro e colete. O lenço amarrado no pescoço era de seda preta, a camisa branca ofuscante, as

calças pretas feitas sob medida. Só de olhar para ele, Scarlett tinha a sensação de que estava novamente se apaixonando pelo rapaz.

Ele estava parado bem ao lado do carrossel de gelo. Parecia ver as horas em um relógio de bolso de ouro, mas Scarlett ficou com um pressentimento vermelho de que Julian estava lhe dando tempo para apreciar sua aparência.

— Você está muito garboso, meu amor.

A imperatriz se aproximou dele e lhe deu um beijo no rosto.

Só que Julian se virou tão rápido que Scarlett o beijou nos lábios.

Ele passou o braço na cintura dela, apertou bem e a beijou até as bochechas de Scarlett ficarem mais vermelhas do que uma bengalinha de açúcar.

— Seu patife — murmurou ela.

— A culpa não é minha se você fica tão linda quando fica corada.

Ele a olhou de cima a baixo, e Scarlett pôde sentir que o vestido praticamente se empertigou com esse olhar. Naquela noite, a imperatriz usava um esvoaçante vestido de baile tomara que caia com um corpete branco como a neve, com fitas vermelho-rubi que iam se cruzando até formarem um laço nas costas. Antes daquela conversa, a saia era branca como o corpete e bem volumosa. Mas agora estava ficando vermelha, realçando suas curvas.

— Você está arrasadora, Carmim.

Scarlett sorriu ainda mais.

A neve caía por todo o Feliz Salão de Baile da Noite Feliz e salpicava o ombro dos convidados, que chegaram à conclusão de que se beijarem seria uma boa ideia.

Por um segundo, tudo foi perfeito.

O ar seco e frio tinha um aroma de sidra de especiarias, árvores e algo mais que só poderia ser descrito como alegria da Noite Feliz.

E aí Scarlett sentiu uma onda bem conhecida de nervosismo vermelho-sangue. Tirou os olhos de Julian e os dirigiu à porta do salão de baile.

— Você acha que Tella está bem?

— Depende da sua definição de "bem". — Julian parou um criado que passava e pegou uma taça de gemada alcoólica da bandeja. — Se está mesmo preocupada, tome um pouco dessa bebida.

Scarlett pegou a taça, mas não bebeu. Devia estar se preocupando à toa.

Provavelmente Tella estava exatamente onde queria estar. A imperatriz até poderia tentar imaginar onde ficava este lugar, entretanto aprendera fazia muito tempo que era melhor não imaginar o que a irmã poderia estar fazendo.

## 18

## Pronta para jogar?

O globo de neve estava impaciente — ou talvez fosse seu mestre que estivesse se sentindo assim. Sacudiu com tanta força que alguns flocos de neve entraram flutuando no quarto de Tella.

A princesa caiu da cama, soltando um palavrão.

— Por que você fez isso? — perguntou Tella, meio grogue, esperando encontrar quem a tinha atirado no chão, chão esse que não era o mesmo chão em que se recordava de ter dormido. Tampouco se recordava de ter deitado

 em uma cama. O sequestrador devia tê-la colocado lá enquanto ela dormia.

O chão que seu rosto tocou era macio.

Ela abriu os olhos na mesma hora.

Tella olhou em volta rapidamente, como se alguém fosse aparecer e recolocar a venda em seus olhos ou, de uma hora para outra, apagar as luzes. Entretanto, mesmo à primeira vista, aquele quarto parecia o tipo de lugar claro em que a escuridão jamais conseguiria deixar nem uma impressão digital sequer.

Tudo era de um branco reluzente, dourado e com pinceladas de vermelho Noite Feliz. O tapete onde ela havia caído era de um branco mais branco que o da neve. Assim como a cama da qual tinha caído, que também era de um branco reluzente, cheia de cobertores de creme de *marshmallow*, pilares de madeira branca e um dossel  dourado-claro que brilhava na luz.

Tella ficou com o estômago embrulhado. Será que o sequestrador a tinha levado de volta ao palácio de Scarlett? Mas por quê? Será que isso queria dizer que o joguinho chegara ao fim? Ou será que o jogo jamais acontecera?

A princesa olhou ao redor do quarto com toda a atenção.

Havia flores brancas recém-cortadas na mesinha de cabeceira, e a cornija da lareira também estava repleta de flores. Rosas vermelhas, cor de bala, completamente desabrochadas, caíam pela lareira, formando uma cortina florida que encobria o fogo crepitante feito um véu.

Tella ficou de pé, apoiando-se no chão, e seu estômago roncou. Não tinha comido nada desde que mordera aquela bala envenenada em forma de estrela.

Ainda bem que, ao que tudo indicava, havia uma delicada bandeja dourada repleta de todo tipo de delícias  típicas da Noite Feliz: bolos e frios, frutas e doces, tortas salgadas, ovos cozidos cintilantes, ninhos de massa folhada com recheio de creme de confeiteiro e uma linda montanha de biscoitos cintilantes em formato de flocos de neve.

A princesa pegou um dos biscoitos e deu uma grande mordida. Sentiu um frio na barriga de nervoso, mas o biscoito estava uma delícia.

Tudo naquela bandeja dava a impressão de ser magnífico. Ela pegou um ninho de massa folhada, depois um biscoito com recheio de geleia e bacon, e foi aí que viu o bilhete. Escrito em papel grosso e refinado, com letras douradas e elegantes.

Por alguns instantes, Tella achou que o bilhete não estava ali desde o começo. Tudo o mais na bandeja era cintilante, dourado, com as cores alegres da Noite Feliz. Teria reparado no papel preto imediatamente. Mas de fato não o vira, porque acertou quando supôs que o recado só apareceu depois de ela ter comido até ficar cheia.

A mensagem continha apenas três palavras:

Assim que a princesa leu a palavra "jogar", seu coração se sobressaltou de leve.

O jogo não tinha acabado. Talvez não estivesse enganada.

Tella olhou ao redor do quarto mais uma vez, prestando especial atenção nas rosas penduradas na lareira, que deveriam ter deixado a mensagem óbvia. Aquele lugar era parecido com o palácio da irmã, mas não era igual. Fora levada para algum outro lugar.

Ao lado da lareira havia três pacotes, todos embrulhados com papel branco perolado e decorados com um lindo laço vermelho.

Um pequeno. Um médio. Um grande.

Em cima do presente médio, bem no meio, tinha outro bilhete preto, com mais letras douradas.

Tella abriu a caixa média primeiro. Rasgou o papel, arrancou a tampa e, dentro da caixa, encontrou um escudo e um elmo dourados, com borboletinhas vermelhas na lateral. A parte de cima do escudo também tinha uma borboleta. Isso a fez lembrar de um vestido que, certa vez, Lenda lhe dera de presente, cuja saia era coberta de borboletas cor de hortênsia que o mestre do Caraval fez ganhar vida apenas com sua magia.

A princesa olhou para o escudo e para o elmo. Mas nenhuma das borboletas se mexeu e, mais uma vez, ficou nervosa, achando que poderia ter se enganado a respeito daquele jogo.

Voltou-se para a caixa grande. Era um enorme retângulo, e ela precisou usar as duas mãos para tirar a tampa. O vestido dentro da caixa parecia ser de rosas e ouro líquido.

Nos ombros, tinha duas alcinhas vermelhas bem estreitas, tão fininhas que Tella imaginou que, no corpo, ficaria parecendo que não tinha alças.

Ela corou só de imaginar Lenda escolhendo aquele vestido para ela. Logo abaixo das alças quase invisíveis havia cachopas de flores vermelhas que se desencontravam no centro, dando ao vestido um decote ousado que chegava à metade das costelas. Tinha mais algumas flores vermelhas logo abaixo e, depois, a saia do vestido se abria em uma cascata de tecido dourado com uma fenda provocante na lateral.

Tella teria escolhido este vestido para usar como armadura sem pensar duas vezes, mas só queria usá-lo se tivesse sido presente de Lenda – do verdadeiro Lenda. E ainda faltava abrir mais uma caixa.

A terceira caixa estava parada tranquilamente ao lado das outras. Era pequena demais para conter peças de roupa. Ela imaginou que poderia ser alguma joia. Tirou a tampa, afoita, mas o conteúdo não tinha nada do brilho das pedras preciosas.

Dentro dela, havia um livreto.

## COMO NÃO PERDER O AMOR DA SUA VIDA, POR PANDORA MALAMADA

Tella sentiu um nó por dentro. Odiava mesmo aquele livro. E aquela coisinha horrorosa já estava aberta na página em que ela sublinhara de maneira tão displicente:

*Se está em dúvida se ele te ama ou não, ele não te ama. Se realmente te amasse, você não teria dúvidas.*

Eram as mesmas palavras que o sequestrador lera, em voz alta, para ela. Se aquele homem estivesse ali naquele momento, era bem provável que ela atirasse o livreto nele. Contudo, não era culpa do sequestrador Tella ter sido tão tola ao ponto de acreditar em conselhos tão ruins.

A princesa pegou o livreto e fez algo que deveria ter feito assim que leu a primeira página: atirou o exemplar no fogo e ficou assistindo ao livro queimar.

Tella concluiu que sempre encontraria motivos para duvidar do amor de Lenda se ficasse procurando por eles. Ela era muito boa quando o assunto era encontrar o que estava procurando. Mas estava na hora de procurar outra coisa.

Pegou o vestido vermelho e dourado.

Depois de usar o banheiro da suíte para se refrescar rapidamente e dar um jeito no cabelo, que estava abominável, Tella voltou para o quarto luminoso e ficou se sentindo uma deusa naquele vestido dourado enquanto via as saias cintilantes se abrirem em leque em volta dela. Tinha um espelho pendurado em cima da lareira e, quando olhou para o próprio reflexo, teve que admitir: estava espetacular. Torceu para que Lenda pensasse a mesma coisa. Torceu para que o mestre do Caraval estivesse por trás de tudo aquilo.

– Estou de armadura! – gritou.

A grande porta branca do quarto se escancarou.

A princesa esperou Lenda entrar. Deu a ele cerca de dois segundos e então passou pela porta.

– Estou pronta para jogar.

# 19

## Um globo de neve dentro de outro globo de neve

O recinto do outro lado da porta era todo de vidro.

Uma grande abóbada transparente se curvava no alto, proporcionando a Tella uma visão magnífica das estrelas. A princesa viu várias delas cruzando a escuridão do céu noturno, deixando rastros de faíscas que se transformavam em neve ao cair.

Assim que os flocos de neve encostavam na abóbada, transmutavam-se novamente em faíscas cintilantes que

atravessavam o vidro, flutuando magicamente, espalhando um brilho cintilante que deu a Tella a sensação de que estava chovendo luz de luar. Aquela magia parecia coisa de Lenda. Mas ele não estava ali.

Donatella Dragna estava sozinha dentro de um globo de vidro que não tinha mais nada além daquelas luzes fortes e cintilantes e de um único pedestal vermelho.

O pedestal no meio da abóbada era da altura da cintura de Tella. Em cima dele havia mais dois presentes embrulhados com papel branco e mais um cartão preto, a mensagem escrita com as mesmas letras douradas.

– *Eu* sou uma arma – resmungou Tella.

Em seu campo de visão periférica, viu algo se movimentar.

A princesa se virou de supetão.

Do outro lado do vidro, o mundo era feito de noite, mas havia luz suficiente para Tella conseguir enxergar os contornos de uma pessoa muito parecida com Lenda. Alto, de ombros largos, cartola sobre a cabeça inclinada em um ângulo arrogante.

A respiração de Tella ficou mais rápida e, de repente, ela teve plena consciência de sua pulsação acelerada. Poderia ser o mestre do Caraval, mas o rosto do canalha estava encoberto pela escuridão.

Tella se afastou do pedestal e foi se aproximando do vidro.

O rapaz sombrio, que poderia muito bem ser Lenda, dava a impressão de estar observando Donatella. Não dava para a princesa saber ao certo, pois a escuridão que havia do lado de fora ainda encobria o rosto dele.

O homem apontou para um ponto atrás de Tella, para o pedestal com as caixas, fazendo sinal para que as abrisse.

— Me deixe sair daqui primeiro.

Ele fez que não.

A neve de luar começou a cair novamente.

A princesa inclinou o quadril e colocou a mão na cintura. Não sabia ao certo o que essa pose dava a entender, mas a fazia se sentir poderosa.

— Você não pode me manter aqui para sempre.

Ele inclinou a cabeça, como se dissesse: "Tem certeza?".

Ela se virou para a porta pela qual acabara de entrar, porém ela havia sumido. Donatella sentiu um calafrio no peito, uma sensação muito mais forte para ser apenas aquele

frio na barriga típico da paixão. Estava presa no globo de neve, feito uma bonequinha dentro do domo.

Tella olhou para o sequestrador parado do outro lado do vidro. A cabeça continuava inclinada para o lado e, apesar de ainda não conseguir ver seu rosto, teve a sensação de que ele sorria enquanto a observava, e ela se deu conta de que estava, mais uma vez, refém dele.

*Bela jogada*, pensou Tella. Mas disse:

— Só vou olhar porque estou curiosa.

Ela se virou para o pedestal farfalhando as saias douradas.

A neve de luar havia coberto as caixas e formado uma moldura na parte de baixo do bilhete, que havia mudado. Tella tinha certeza de que o cartão, agora vermelho, antes era preto. As letras continuavam douradas, mas as palavras também tinham mudado.

A princesa se derreteu toda ao ver a palavra "amor". Então ela se tornou sua palavra de quatro letras preferida. *Amor, amor, amor, amor, amor, amor, amor!*

Aquele instante em que Tella ficou parada debaixo do vidro, relendo a palavra "amor", pode ter sido o momento mais meloso de sua vida. E a jovem não deu a menor bola para o fato daquilo tudo ser sentimental ou *meloso*. Na verdade, se aquela era a sensação de ser uma pessoa melosa, queria ser assim com mais frequência.

Ela tirou a tampa da primeira caixa enquanto a neve macia batia em seus ombros.

E encontrou outra venda.

Teve a sensação de que o próprio coração e a própria esperança eram de pedra.

— Não vou colocar isso.

— Você nem tirou da caixa.

A voz do homem estava bem atrás dela. Delicada, suave e tão, tão perto.

Tella zonzeou. Só podia ser ele. Só podia ser Lenda. Ninguém mais causava esse efeito em Tella.

Mas ela não ousou fazer nenhum movimento. Tinha a impressão de que, caso se virasse para trás e o mundo virasse um breu ou o mestre do Caraval desaparecesse novamente, seu coração não aguentaria.

— Eu poderia ficar a noite inteira aqui – disse ele, baixinho. – Mas acho que existem maneiras melhores de passar a Noite Feliz.

Em seguida, pôs a mão quente e grande em cima da mão de Tella e a colocou sobre a venda. Assim que ela encostou no tecido, o pano se dissolveu, deixando apenas uma folha de papel dobrada, bem gasta.

– O que é isso?

A princesa abriu o papel com todo o cuidado.

A carta que a própria princesa havia mandado. Tinha se esquecido dela, mas era óbvio que ele se recordava. Lenda era o patife mais maravilhoso que Tella conhecera na vida. Virou para trás antes mesmo de terminar de ler.

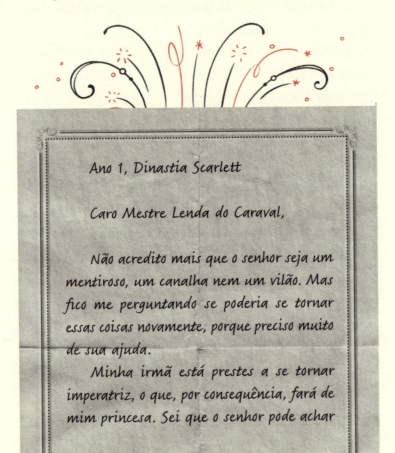

Ano 1, Dinastia Scarlett

Caro Mestre Lenda do Caraval,

Não acredito mais que o senhor seja um mentiroso, um canalha nem um vilão. Mas fico me perguntando se poderia se tornar essas coisas novamente, porque preciso muito de sua ajuda.

Minha irmã está prestes a se tornar imperatriz, o que, por consequência, fará de mim princesa. Sei que o senhor pode achar

> que isso não é um problema, mas garanto que é. Não nasci para ficar perambulando por um palácio nem para ser seguida por guardas aonde quer que eu vá. Mas não quero prejudicar a imagem de minha irmã me comportando mal: prometi para ela que não vou mais causar nenhum escândalo. Sendo assim, preciso que o senhor, por favor, cause um escândalo por mim, Lenda. Peço que me sequestre e me leve para viver uma nova aventura.
>
> Sei que não será um sequestro de verdade se eu pedir para o senhor me levar daqui, mas acho que será divertido fingir. Também acho que pode render um jogo bem interessante e sei o quanto o senhor gosta de jogos.
>
> Para sempre sua,
> Donatella Dragna

Era ele.
O seu Lenda.
O verdadeiro Lenda.
O único Lenda.

Tella *sabia* que era ele. E, mesmo assim, foi o mais maravilhoso dos alívios por fim enxergar seu belo rosto. Aqueles olhos castanho-escuros, aquele maxilar pronunciado, o sorriso debochado. Lenda até usava uma casaca vermelha tom de Noite Feliz e estava absolutamente magnífico com ela.

A neve e o luar caíam em volta do mestre do Caraval sem encostar nele. Pelo jeito, as sombras gostavam mais de Lenda do que a luz das estrelas. Mas Tella gostava mais dele do que tudo isso.

— Feliz Noite Feliz, Tella.

— Eu sabia que era você! Você é um patife, um pilantra e um canalha e...

Donatella Dragna deixou a frase no ar. Atirou-se no pescoço de Lenda e o beijou como gostaria de ter beijado quando os dois se encontraram na Rua das Guirlandas. Não gostava, contudo, de pensar na Rua das Guirlandas, porque se recordava do quanto fora tola, com medo de que Lenda não a amasse, com medo de que ele não tivesse comprado um presente para ela.

Com medo. Com medo. Com medo.

O mestre do Caraval ainda poderia, caso quisesse, destruir seu coração. Mas Tella não conseguia acreditar que tinha ficado com medo de que ele realmente fosse fazer isso.

Sabia que Lenda a amava de verdade e que continuaria amando. E não acreditava nisso só porque ele tivera tanto trabalho para lhe dar o mais maravilhoso presente de Noite Feliz nem porque Lenda havia lhe dito isso, mas apenas porque era verdade.

— Quando você descobriu? — perguntou Lenda, mais tarde, em algum momento depois que o beijo chegou ao fim.

Os braços do mestre do Caraval ainda estavam enlaçando Tella, e os braços de Tella ainda estavam enlaçando o mestre do Caraval, só que agora ambos estavam deitados na neve de luar, que dava uma sensação mais de plumas do que de neve. As pernas dos dois estavam enroscadas e a cabeça de Tella, pousada no peito de Lenda.

— Bom — a princesa meio que deu de ombros, encostada no mestre do Caraval —, a carta dentro da caixa meio que revelou tudo.

Lenda ficou tenso.

Tella deu risada e segurou o rosto dele com as duas mãos.

— Quem diria que o famoso Mestre Lenda era tão ingênuo? — Nessa hora, Tella deu um beijinho rápido nos lábios de Lenda. — Eu sabia que era você o tempo todo.

Ele ergueu uma das sobrancelhas.

Tudo bem, talvez não fosse completamente verdade.

A princesa não queria admitir, mas o mestre do Caraval tinha mesmo conseguido enganá-la no início. Enquanto fazia o teste, ainda não sabia que Lenda estava por trás daquela aventura.

Só descobrira depois de ter sido amarrada, vendada e trancafiada em um quartinho. Realmente acreditara

que existia um Lenda impostor até o momento em que ficara com as costas arqueadas contra a porta, tentando tirar a venda.

Foi aí que ouviu a risada grave de Lenda se movimentar pelo recinto e, na mesma hora, reconheceu o som inebriante. Foi aí que, por fim, ligou os pontos. Mas o mestre do Caraval não precisava saber que Tella tinha demorado tanto para se dar conta ou que tinha duvidado de si mesma depois de ter descoberto.

– Eu também tenho uma pergunta – declarou a princesa. – Por acaso Scarlett e Julian têm algum envolvimento nisso?

Lenda deu um sorrisinho.

– Desta vez, sua irmã fez questão de participar.

– Eu deveria ter adivinhado – resmungou Tella.

– Mas você disse que sabia de tudo desde o início.

O mestre do Caraval ergueu o canto da boca.

– Sabia o suficiente.

Tella deu mais um beijo no rosto dele.

Do outro lado do vidro, luzinhas começaram a reluzir nas árvores, a neve caía no chão, coelhinhos pulavam e, ao longe, Tella pensou ter ouvido sinos batendo.

– Por acaso isso quer dizer que, no fim das contas, você realmente ama a Noite Feliz?

O sorriso perfeito de Lenda reapareceu.

– Não, Donatella. Eu só amo você.

## SOBRE A AUTORA

STEPHANIE GARBER é a mundialmente famosa autora de *Era uma vez um coração partido* e *A balada do felizes para nunca*. Seus livros ocuparam o primeiro lugar na lista dos mais vendidos do *New York Times* e foram traduzidos para mais de trinta idiomas. Quando não está escrevendo, Stephanie gosta de fazer casinhas de biscoito de gengibre, sidra de especiarias e biscoitos de Natal com muito granulado colorido.

Este livro foi composto com tipografia Adobe Garamond Pro e impresso em papel Off-White 90 g/m² na Gráfica Santa Marta.